鄭煌榮——著

古韻今聲

古今漢語研究·河洛篇

五南圖書出版公司 印行

作者簡介

鄭煌榮

學歷：國立屏東大學（原省立屏東師專）畢業

　　　國立成功大學中文系畢業

　　　中國醫藥大學（八十年中特班）結業

經歷：小學教師

　　　中醫師（天仁中醫診所院長）

　　　省立台南一中國樂社指導老師

　　　台南市文化中心青少年國樂團指導老師

　　　台南市立教師國樂團負責教師

　　　台南市立民族管弦樂團總幹事（副團長）

　　　台南市民族音樂學會常務理事

　　　台灣南區大專院校國樂研習營指導老師

　　　台灣中醫男科學會一、二、三屆理事

　　　台南市鳳凰詩詞吟唱社社長

　　　台灣文學館漢詩繪本（三）、（四）、（五）

　　　集詩詞吟唱譜創作及編曲

　　　鄭煌榮新閩南語音標暨漢音研究室 FB 粉專

著作：《漢音注音符號系統——閩南語篇》

　　　《詩詞吟唱創作專集》

　　　《詩詞吟唱選集》

自　序

　　古今漢語的演進，有分化，也有融合，凡聲、韻、調三者，皆有其演化軌跡，上古音、中古音、現代音亦皆有所傳承，故探討其演化規律是有其必要性。

　　古音的傳承，在諸多聲韻學書籍中，先賢學者都有相關之論述，吾人也可從韻書及字辭典中去尋找軌跡，並能發現其古今聲韻的演化規律。亦可作爲研究文字及音義的各種探討，音義相合者，爲主要目的。

　　凡舉破音字，一字多音，上古音、中古音、現代音皆然，亦有其音義相關，並有其傳承關係，如唸錯音，誤其原義，則不甚妥矣！

　　余所探討之古今漢語研究·河洛篇，即以聲韻學爲研究基礎，做古今漢語演化的探討，至於繁瑣的舉例，或多有不逮，請先知先進蒙多指教。

2023.7.26　鄭煌榮　謹識於府城

目　錄

- - - - - - - -

第十章 探討破音字　　　　　　　　　055

第十一章 合音、分音、連音與語尾音變調　077

第十四章　語詞語音探討 127

（依聲母、韻母排列）

第十五章　古音聲調中的第二聲與第六聲探討 179

第十六章　上古聲母中的〞喻三古歸匣〞　　185

第一章　緒　言
閩南語源於河洛話

　　閩南語又稱爲河洛話，是有其歷史淵源的。據歷史的記載，漢代就有吳語區入閩的記述，晉永嘉之亂後，衣冠南渡，始入閩者八族《三山志》，其中林、黃、陳、鄭、詹、邱、何、胡八姓，本系中原大族。至唐高宗（公元669 年）派陳政自河南光州固始縣，率五千餘眾，八十七姓府兵入閩平亂，後由其子陳元光繼任漳州刺史·設漳州二縣，後世尊稱爲「開漳聖王」。

　　閩南語源於古中原河洛話，故後世稱爲漢音或唐音，有學者認爲，閩南語是古漢語的嫡傳。

　　閩南語今列爲中國十三大方言之一，其實「她」應該獨立出來，她是中原古音韻的寶藏，含有大量的中古音和上古音，是當今漢語的母語。上古音以白音或白話音稱之，中古音以文音或文讀音、讀書音稱之，台語則是繼承閩南語，加上少量的外來語所組成。

第二章
語言的分期

　　一般而言，語言的分期與歷史的演進習習相關。大致分為上古時期、中古時期及現代。然而中古時期至現代，中間有一過渡時期，余稱為近古時期，故分為上古音、中古音、近古音及現代漢音。在語音學上的比較，以上古音、中古音及現代音為主。

(一) 上古時期

　　自商朝起，歷經西周、東周（春秋、戰國），以至於先秦，約一千三百餘年，此時期稱為上古時期，語言稱為上古音。在現存閩南語中，保存相當多的上古音，在上古韻部演化上，聲韻學家有諸多闡述，舉部分簡明的例子：京、明、兄、行、迎等字，中古音屬耕部，上古音屬陽部。

京、明、兄、行、迎，以現代音唸，依次為ㄐㄧㄥ、ㄇㄧㄥ、ㄒㄩㄥ、ㄒㄧㄥ、ㄧㄥ，以中古音唸，依次為ㄍㄥ、ㄇㄥ、ㄏㄥ、ㄏㄥ、ㄫㄥ，以上古音唸，則為ㄍㄤ、ㄇㄤ、ㄏㄤ、ㄍㄤ、ㄫㄤ，韻母的變化，一目了然。此五字以上古音來造詞並注音，依次為

上ㄐㄩㄥ　　清ㄑㄧㄥ　大ㄉㄤ　行ㄍㄤ　迎ㄫㄤ

京ㄍㄤ　　　明ㄇㄤ　　兄ㄏㄤ　路ㄌㄤ　王ㄛㄤ

都是現行閩南語的常用語詞。

上古韻部的研究，詩經、楚辭及先秦以前之古籍，為重要的研究寶庫。至於上古的聲母，聲韻學家已研究出諸多條例，如古無輕唇音、古無舌上音、娘日歸泥、喻三古歸匣、喻四古歸定等，其中有部分聲母的消失，值得深入去探討。

(二) 中古時期

自漢朝，歷經魏晉南北朝，以至隋唐，約一千二百餘年，此時期稱為中古時期，語言稱為中古音，此時期漢朝與唐朝，是古中國的兩大盛世。研究中古聲韻，以隋、唐及宋代的韻書為主，尤以切韻系的「大宋重修廣韻」為代表。

現代研讀古詩詞的聲韻讀法，大都以中古讀音為主，稱為文讀音或讀書音，老一輩漢文老師，則直接稱之為漢音。

㈢ 近古時期

　　自五代十國，經宋代、元代及明代，約七百餘年，此時期稱爲近古時期，語言稱爲近古音。此時期在語言上，是中古音至現代音的一個過渡期，語音的演化，聲母、韻母及聲調是同時進行的，互相影響的。

　　以入聲字而言，至元代初期，"P 尾" 字開始消失，至元代末期周德清「中原音韻」，則所有塞聲韻尾全部消失。以聲隨韻 "m 尾" 而言，元末漸漸消失，至明代末期李登「書文音義便考私覽」則全消失不見。以聲調而言，平聲的分化起於北宋，分化成陰平及陽平，濁上歸去則漸漸形成，至元代「中原音韻」，全濁上聲歸去聲，入聲融入陰平、陽平、上聲、去聲四個聲調。所以此時期的近古音，是由中古音轉入現代音的過渡期。

㈣ 現代

　　清朝以至於民國，約近四百年，稱爲現代。有以清朝稱爲近代，民國稱爲現代。在此以清朝及民國統稱爲現代。語言上，稱爲現代漢音，或稱國語、或稱華語。

第三章
漢音注音的運用

　　古漢音的注音，以韻書中的反切為主，但須懂得中古音反切，才能正確發音。現今注音的方式，除了反切外，還有羅馬音標、國際音標、部頒閩南語音標及拙著新閩南語音標（漢音注音符號系統──閩南語篇），以及現代漢音的國語注音符號。

　　本書漢音注音的運用，上古音、中古音及近古音，以拙著新閩南語音標為依據，現代音以部頒國語注音符號為依據。因新閩南語音標是由國語注音符號擴展而成，固在運用上、語音比較上等等，非常容易，且明白又實用。

㈠國語注音符號

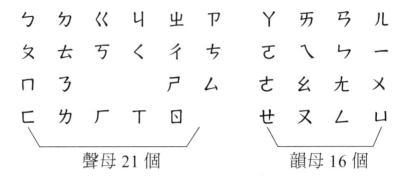

聲母 21 個　　　　韻母 16 個

聲母 21 個，韻母 16 個，合計 37 個

㈡新閩南語音標（古漢音音標）

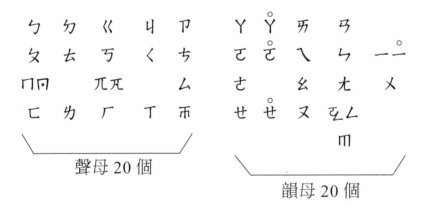

聲母 20 個

韻母 20 個

聲母 20 個，韻母 20 個，合計 40 個

註：①兀、帀兩聲母，在原始國語注音符號中就有列出，
　　新增鼻塞音冂、兀（發音請參閱下述聯合圖表）

②新增元音鼻音韻母ㆩ、ㆧ、ㆤ、ㆪ及聲隨韻母ㆦ、ㆬ

㈢古漢音（閩南語、台語）音標與國語音標聯合圖表（附羅馬音標與國際音標）

| ㄅ p | ㄉ t | ㄍ k | ㄐ ch(tɕ) | ㄓ tʂ | ㄗ ts |

ㄅ p　　　ㄉ t　　　ㄍ k　　　ㄐ ch(tɕ)　　ㄓ tʂ　　　ㄗ ts

ㄆ ph(p')　　ㄊ th(t')　　ㄎ kh(k')　　ㄑ chhi(tɕ')　　ㄔ tʂ'　　ㄘ chh(ts')

ㄇ bⁿ(m)ㄇ b　　ㄋ n　　ㄫ gⁿㄫ g　　（广 giⁿ）　　ㄕ ʂ　　ㄙ s
　　　　　　　　　　　　　　　　　　　（ŋ）

ㄈ f　　　ㄌ l　　　ㄏ h　　　ㄒ si(ɕ)　　ㄖ z　　ㄸ j(dz)

（万 ∨）

註：①ㄇ的鼻音ㄇ（b → bⁿ）

　　　ㄫ的鼻音ㄫ（g → gⁿ）

　　　相對而言，ㄇ注成 bⁿ 較好，注成 m 較不貼切。

　　②广（giⁿ），注成 ŋ 比較不恰當，ŋ 應唸成聲隨韻的ㄥ尾韻，但有的聲韻學書中，ŋ 唸成 gⁿ(ㄫ)，這是要注意的。

ㄚ a　　　ㄚ̊ aⁿ　　ㄞ ai　　　ㄢ an　　　ㄦ ə̩

ㄛ o　　　ㄛ̊ oⁿ　　ㄟ ei　　　ㄣ ən　　　一 i　　　一 iⁿ

ㄜ ə　　　　　　　ㄠ au　　　ㄤ aŋ　　　ㄨ u

ㄝ e　　　ㄝ̊ eⁿ　　ㄡ ou　　　ㆲ oŋㄥ əŋ　　ㄩ y

　　　　　　　　　　　　　　ㆬ m

註：聲隨韻，閉口音ㆬ m，可單獨成爲韻母。

㈣ 新閩南語音標、羅馬音標與國語音標聲調符號的比較

第一聲 1	第二聲 2	第三聲 3	第四聲 4	第五聲 5	第六聲 6	第七聲 7	第八聲 8	
	、	^	·	∨		˥	。	新閩南語音標聲調注法
	／	、		^		—	∣	羅馬音標聲調注法
	／	∨	、	·				國語音標聲調注法
	（陰平）	（陽平）	（上聲）	（去聲）	（輕聲）			

註：平上去入分陰陽，八聲聲調演化成四聲，容後面章節再討論。

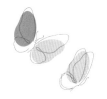

第四章
古漢音音標暨新閩南語音標的優勢

㈠ 易於學習古漢音：由於此音標係國語注音符號發展而成，有其理論依據，且容易學習，快速入手，發音正確。若以此音標推行閩南語（台語），或是一個好的開始。

㈡ 易於研究與語音比較：對於古典詩詞的平仄押韻易於研究，尤其是上古音、中古音的比較，或至現代音的轉化比較，從聲母、韻母及聲調的變化，研究其規律，是無可比擬的好工具。

㈢ 有助於台語詩文的發展：對於先賢台灣漢詩的研究；及對閩南文學與台語詩文的發展，是相當有助益的。

第五章
淺談聲母的演化

(一)聲母的互轉

　　相同的發聲部位，產生不同的送氣方式，聲母會產生互轉作用。

甲、上古音轉中古音

(一)　馬ㄇㄚˇ　"蹄"ㄉㄧˊ　→　ㄇㄚˇ　ㄊㄧˊ　　　ㄉ→ㄊ
　　　"土"ㄉㄨˇ　蠭ㄍㄨㄥ　→　ㄊㄨˇ　ㄎㄨㄥ　　　ㄉ→ㄊ

(二)　土ㄉㄨˇ　"蠭"ㄍㄨㄥ　→　ㄊㄨˇ　ㄎㄨㄥ　　　ㄍ→ㄎ
　　　啞ㄚˇ　"口"ㄍㄡˇ　→　ㄚˇ　ㄎㄠˇ(ㄎㄡ)　　ㄍ→ㄎ

(三)　牆ㄑㄧㄤˊ　"壁"ㄅㄚˋ•　→　ㄑㄧㄤˊ　ㄆㄧㄥˋ•　ㄅ→ㄆ
　　　搶ㄑㄧㄤˇ　"標"ㄅㄧㄠ　→　ㄑㄧㄤˇ　ㄆㄧㄠ　　ㄅ→ㄆ

乙、中古音轉現代音

(一) 「臺」ㄉㄞ	灣ㄨㄢ	→	ㄊㄞ　ㄨㄢ	ㄉ→ㄊ
「亭」ㄉㄥ	樓ㄌㄡ	→	ㄊㄥ　ㄌㄡ	ㄉ→ㄊ
(二) 「狂」ㄍㄨㄤ	風ㄈㄥ	→	ㄎㄨㄤ　ㄈㄥ	ㄍ→ㄎ
「會」ㄍㄨㄟ	計ㄍㄝ	→	ㄎㄨㄞ　ㄐㄧ	ㄍ→ㄎ
(三) 「旁」ㄅㄤ	邊ㄅㄧㄢ	→	ㄆㄤ　ㄅㄧㄢ	ㄅ→ㄆ
「田」ㄉㄧㄢ	「畔」ㄅㄢ	→	ㄊㄧㄢ　ㄆㄢ	ㄉ→ㄊ ㄅ→ㄆ

(二) 聲母的對轉

　　舌尖前音（ㄗ、ㄘ、ㄙ）與舌根音（ㄍ、ㄎ、ㄏ），因與細音的結合，發音部位由舌尖前音或舌根音，轉成舌面前音（ㄐ、ㄑ、ㄒ）的現象，在聲韻學上稱為顎化作用，在此稱為對轉。

甲、舌尖前音加入介音「ㄧ」，則自然轉化成舌面前音。

ㄗㄧ → ㄐㄧ

ㄘㄧ → ㄑㄧ

ㄙㄧ → ㄒㄧ

乙、舌根音加入介音 "ㄧ" 的顎化。

中古音轉現代音

㈠　„健"ㄍㄢˋ　康ㄎㄤ　→　ㄐㄧㄢˋ　ㄎㄤ　　〈〈→ㄐ

　　„矯"ㄍㄠˇ　正ㄓㄥˋ　→　ㄐㄧㄠˇ　ㄓㄥ　　〈〈→ㄐ

㈡　„慶"ㄎㄥˋ　祝ㄐㄠˋ　→　〈ㄥˋ　ㄓㄨˋ　　ㄎ→〈

　　出ㄔㄨˋ　„竅"ㄎㄠˋ　→　ㄔㄨ　〈ㄠˋ　　ㄎ→〈

㈢　„現"ㄏㄢˋ　在ㄗㄞˋ　→　ㄒㄧㄢˋ　ㄗㄞˋ　　ㄏ→ㄒ

　　春ㄔㄨㄣ　„曉"ㄏㄠˇ　→　ㄔㄨㄣ　ㄒㄧㄠˇ　　ㄏ→ㄒ

丙、舌根音與雙唇音的對轉。

㈠ 古有重唇與舌根音對轉現象，上古音轉入中古音：

放ㄈㄤˋ → ㄅㄠˋ　　　飛ㄈㄟ → ㄅㄟ

肥ㄈㄟˊ → ㄅㄟˊ　　伏ㄈㄨˊ → ㄅㄨˊ

楓ㄈㄥ → ㄅㄥ　　　飯ㄈㄢˋ → ㄅㄢˋ

分ㄈㄣ → ㄅㄣ　　　不ㄅㄨˋ → ㄈㄨ(ㄨ)

吠ㄈㄟˋ → ㄅㄟˋ　　彼ㄅㄧˇ → ㄅㄛ

富ㄈㄨˋ → ㄅㄨˋ　　枇ㄆㄧˊ → ㄅㄧ

㈡ 中古音至現代音，亦有舌根音轉入雙唇音現象：

宓ㄒㄧㄝ → ㄇㄧ　　　鯆ㄈㄨ → ㄅㄨ

汋ㄒㄩㄝ → ㄅㄠ　　　坂ㄏㄢ → ㄅㄢ

痛ㄏㄨ → ㄊㄨ　　　不ㄈㄡ(ㄈㄡ) → ㄅㄨ

丁、舌尖前音、舌根音、雙唇音三者與舌尖音皆有對轉現象。

例如：

噎ㄧㄚ · → ㄅㄚ ·　　　站ㄅㄢˋ → ㄓㄢˋ

丟ㄉㄧㄡ · → ㄅㄨ　　　返ㄅㄢˇ → ㄈㄢˇ

鍥ㄉㄨㄛ · → ㄅㄟ　　　額ㄅㄜ → ㄅㄥˊ

歹ㄊㄞ → ㄉㄞ　　　埋ㄅㄞ → ㄇㄞˊ

以下列個簡圖：

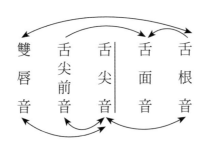

(三) 聲母的消失

甲、上古音聲母的消失：我們從「喻三古歸匣」（為母、云母、于母）及「喻四古歸定」（以母）中可以得知。

例如：　　上古音　　　　　　　　　　　中古音

"匣"ㄒㄧㄚˊ 子ㄚˇ　　　　──→　　ㄚˊ ㄚ

白ㄅㄞˊ "雲"ㄏㄨㄣˊ　　　──→　　ㄅㄞ ㄩㄣˊ

落ㄌㄨㄛˋ "雨"ㄏㄩˇ　　　　──→　　ㄌㄨㄛ ㄩˇ

皋ㄍㄠ "陶"ㄉㄠˊ　　　　　──→　　ㄍㄠ ㄧㄠˊ

匪ㄈㄟ "夷"ㄉㄧˊ 所ㄙㄨㄛˇ 思ㄙ ──→ ㄈㄟ ㄧˊ ㄙㄨㄛˇ ㄙㄨ

乙、中古音聲母的消失：以ㄇ、兀、帀為代表。

例如：　　中古音　　　　　　　　　　　現代音

飛ㄈ "吻"ㄇㄨㄣˇ　　　　──→　　ㄈㄟ ㄨㄣˇ

希ㄒ "望"ㄇㄤˋ　　　　　──→　　ㄒㄧ ㄨㄤˋ

斯ㄙ "文"ㄇㄨㄣˊ　　　　──→　　ㄙ ㄨㄣˊ

"眼"ㄫㄢˇ 見ㄐㄧㄢˋ　　──→　　ㄧㄢˇ ㄐㄧㄢˋ

虎ㄏㄨˇ "牙"ㄫㄚˊ　　　　──→　　ㄏㄨˇ ㄧㄚˊ

"顏"ㄫㄢˊ 色ㄙㄜˋ　　　　──→　　ㄧㄢˊ ㄙㄜˋ

"魚"ㄫㄩˊ "餌"ㄦˇ　　　　──→　　ㄩˊ ㄦˇ

嬰ㄥ "兒"ㄦˊ　　　──→　　ㄥ ㄦ

"踰"ㄨˊ越ㄩㄢˋ。　　──→　　ㄩˊ ㄩㄝ

㈣ 現代聲母唇齒音的"ㄈ"與捲舌音的 ㄓ、ㄔ、ㄕ、ㄖ

甲、唇齒音

　　古無輕唇音，而在《廣韻》反切上字中"非""敷""奉""微"聲類，已出現唇齒音"ㄈ"、"万"，可知中古以至近古時期，已有輕唇音的轉化。

　　現代聲母"ㄈ"是由重唇（雙唇）音ㄅ、ㄆ、ㄇ，舌尖音ㄉ及舌根音ㄎ、ㄏ等轉化而來，以ㄏ轉ㄈ居多。

　　例如：　中古音　　　　　　　　現代音

　　　　　"風"ㄏㄥ雨ㄨˇ　　──→　　ㄈㄥ ㄩˇ

　　　　　"非"ㄨㄟ常ㄕㄤˊ　──→　　ㄈㄟ ㄔㄤˊ

　　　　　守ㄒㄧㄡˇ"法"ㄏㄚˋ・──→　　ㄕㄡˇ ㄈㄚˋ 等等。

乙、捲舌音

　　捲舌音的ㄓ、ㄔ、ㄕ、ㄖ，稱為胡化現象，其轉化較為複雜，含有雙唇音、舌尖前音、舌尖音、舌面音及舌

根音的轉化。（如ㄅ、ㄇ，ㄗ、ㄘ、ㄙ、帀，ㄉ、ㄊ、ㄌ，
ㄐ、ㄑ、ㄒ，ㄍ、ㄎ、兀、ㄏ等）

㈤ 現代聲母舌尖前音ㄗ、ㄘ、ㄙ與捲舌音ㄓ、ㄔ、ㄕ、ㄖ，可作爲韻母使用

其原因是韻母的消失或韻母消失與聲母轉化同步作用
而形成。

例如：　手"指"ㄐㄧˇ → ㄓˇ　　一韻消失，ㄐㄓ對
轉，舌面音轉成捲舌
音。

魚"刺"ㄑㄧ → ㄔ　　一韻消失，ㄑ轉ㄔ

"詩""詞"ㄒㄧ ㄙㄨ → ㄕ ㄘ　①一韻消失，ㄒ轉
ㄕ，此爲對轉音。
②ㄨ韻消失，ㄙ轉
ㄘ，此爲互轉音。

孔"子"ㄗㄨˇ → ㄗˇ　　ㄨ韻消失。

"次"第ㄘㄨ → ㄘ　　ㄨ韻消失。

相"思"ㄙㄨ → ㄙ　　ㄨ韻消失。

"日"期ㄖㄣˋ → ㄖ　　ㄣ韻消失，帀轉成捲
舌ㄖ。

註：中古聲母轉化成現代聲母，可參閱林慶勳・竺家寧「古
音學入門」P.126-138

第六章
淺談韻母的演化

㈠ 韻母的轉化

　　韻母的轉化分為單韻互轉、單韻轉複韻、複韻轉單韻、複韻單轉、轉附聲隨韻、轉附聲母及胡化韻母。

㈠ 單韻互轉：主要元音ㄚ、ㄛ、ㄜ、ㄝ及介音ㄧ、ㄨ六個韻母，可互相轉化。

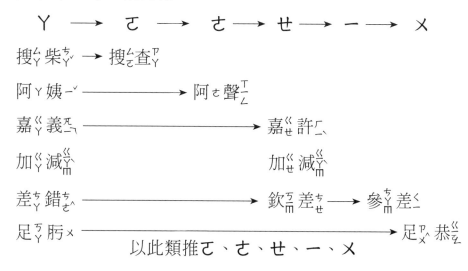

ㄚ ⟶ ㄛ ⟶ ㄜ ⟶ ㄝ ⟶ ㄧ ⟶ ㄨ

搜ㄚ柴ㄔㄞ ⟶ 搜ㄙㄡ查ㄗㄚ

阿ㄚ姨ㄧ ⟶ 阿ㄜ聲ㄒㄧㄥ

嘉ㄍㄚ義ㄋㄧ ⟶ 嘉ㄍㄝ許ㄏ

加ㄍㄚ減ㄍㄢ ⟶ 加ㄍㄝ減ㄍㄢ

差ㄔㄚ錯ㄘㄛ ⟶ 欽ㄑㄢ差ㄔㄝ ⟶ 參ㄘㄢ差ㄑ

足ㄗㄚ肵ㄨ ⟶ 足ㄗㄨ恭ㄍㄛ

以此類推ㄛ、ㄜ、ㄝ、ㄧ、ㄨ

（二）單韻轉複韻：顧炎武 "音學五書" 云「古音的演化有分化與合併」，此乃韻的分化。合併則屬韻的融合。列舉上古音至中古音，中古音至現代音，韻母的變化，如下：

上古音		中古音		中古音		→	現代音	
平 "仄"	→			"啞" 口		→		
"葵" 扇	→			"暴" 風		→		
"母" 親	→			放 "下"		→		
"挨" 粿	→			"茂" 林		→		

（三）複韻轉單韻：以其中之底韻消失或介音（含聲隨韻）消失為主，或介音消失後，單韻互轉。列舉上古音至中古音，中古音至現代音，韻母的變化如下：

上古音		中古音		中古音		→	現代音	
啞 "口"	→			"遮" 住		→		
"易" 經	→			方 "法"		→		
"火" 光	→			"復" 來		→		
"西" 北	→			"課" 稅		→		

（四）複韻單轉：複韻中有陰聲、有陽聲，上韻不變，底韻陰聲轉陽聲，或陽聲轉陰聲，則謂合韻中 "陰陽對轉"，在此稱為 "複韻單轉"。陰陽對轉還有另一種情形，即陰聲單韻轉附聲隨韻，即陰聲轉陽聲。

① 單字音舉例

上古音	中古音	現代音
刮ㄍㄨㄚˋ ⟶	ㄍㄨㄚˋ ⟶	ㄍㄨㄚ
京ㄍㄤ ⟶	ㄍㄥ ⟶	ㄐㄧㄥ

② 語詞舉例：ㄡ ⟶ ㄠ ⟶ ㄤ（複韻母）

上古音	（泉）	中古音
家 "長" ㄍㄚㄡ ⟶	生長ㄒㄥㄠ ⟶	長幼ㄅㄤ ㄡˋ
生 "相" ㄙㄠ ⟶	相親ㄒㄠ ㄑㄧㄣ ⟶	宰相ㄗㄞ ㄒㄤˋ

註：ㄒㄠˋ 亦為上古音

上 "香" ㄒㄠ ㄡ ⟶	茴香ㄍㄨㄟ ㄠ ⟶	香港ㄏㄤ ㄍㄤ

⑤ 轉附聲隨韻：此也是陰陽對轉的一種形態。有①單韻
轉附聲隨韻②單韻轉複韻並附聲隨韻兩種。舉例如下：
（上古音轉中古音）

① 嬰ㄧ ⟶ ㄧㄥ　　②天ㄊㄜ ⟶ ㄊㄧㄢ

　病ㄅㄧ ⟶ ㄅㄧㄥ　　邊ㄅㄧ ⟶ ㄅㄧㄢ

　即ㄐㄧˋ ⟶ ㄐㄧㄥˋ　　見ㄍㄧˋ ⟶ ㄍㄧㄢˋ

　三ㄙㄚ ⟶ ㄙㄢ　　錢ㄐㄧˇ ⟶ ㄐㄧㄢˇ

註：詩經中的合韻，有旁轉與對轉兩種情形。"旁轉" 即
　　陰對陰，陽對陽。

陰對陰者，如ㄧ→ㄨ，單韻轉複韻，底韻相同。

陽對陽者，如ㄚㄣ→ㄨㄣ或ㄛㄣ→ㄨㄣ，單韻互轉，其所附聲隨韻相同。

"對轉"即陰轉陽，陽轉陰。

陰轉陽者，如ㄧ→ㄛㄥ，單韻轉附聲隨韻。

ㄛ→ㄛㄥ，複韻單轉。

陽轉陰者，如ㄨㄣ→ㄨ，複韻單轉。

㈥ 轉附聲母：①單韻母在轉化過程中，轉附聲母②原始聲母消失後，重新復原或轉化。

例① 　上古音　　中古音　　現代音

紅ㄤ → ㄛㄥ → ㄏㄨㄥ

下ㄝ → ㄝㄚ → ㄒㄧㄚ

會ㄝ → ㄨㄝ → ㄏㄨㄟ

黑ㄛ → ㄛ → ㄏㄟ

例② 　呵ㄚ → ㄜ → ㄏㄜ 　復原聲母

匣ㄧㄚ → ㄚ → ㄒㄧㄚ 　由弱化聲母轉化

註：原始聲母"ㄫ"，弱化成濁聲"ㄏ"，由於介音"ㄧ"的關係，再轉化成"ㄒ"

融ㄛㄥ → ㄛㄥ → ㄖㄨㄥ 　胡化聲母

㈦ 胡化韻母：半捲舌ㄦ韻與撮口ㄩ韻

① ㄦ韻：由日母演化，聲母"ㄖ"消失，韻母轉化成"ㄦ"

中古音

例如：　　兒ㄦˊ → ㄦˊ　　　　　耳ㄦˇ → ㄦˇ

　　　　　而ㄦˊ → ㄦˊ　　　　　餌ㄦˋ → ㄦˋ

　　　　　爾ㄦˇ → ㄦˇ

② ㄩ韻：主要由齊齒韻母，或稱介音 "ㄧ" 轉化而來

例 (1) 齊齒韻母轉化

　　　中古音

　　　　　余ㄧˊ → ㄩˊ

　　　　　予ㄧˇ → ㄩˇ

　　　　　雨、羽、宇ㄨˇ → ㄧˇ → ㄩˇ

(2) 聲母ㄈ、ㄏ消失，一韻轉ㄩ韻

　　　中古音

　　　　　魚ㄈˊ → ㄩˊ　　　愈ㄈˇ → ㄩˇ

　　　　　禹ㄈˇ → ㄩˇ　　　與ㄈˇ → ㄩˇ

(3) 由庚母中演化而來，成為介音的轉化

　　　中古音

　　　　　兄ㄏㄥ → ㄒㄩㄥ

　　　　　永ㄧㄥˇ → ㄩㄥˇ

　　　　　詠ㄧㄥˋ → ㄩㄥˋ

(4) 其它複韻中的介音轉化

中古音

局、菊ㄍㄩㄝˊ → ㄐㄩ

凶、胸ㄏㄩㄥ → ㄒㄩㄥ

卻、怯ㄎㄤˋ → ㄑㄩㄝ

削、屑ㄒㄤˋ → ㄒㄩㄝ

㈡ 韻母的融合

韻母有分化，也有融合。韻母的融合，舉例如下：

例一： 上古音　　中古音　　　現代音

葵ㄎㄩㄝ　→　　ㄍㄨㄟ　→　　ㄎㄨㄟ（ㄨㄝ）

未ㄇㄨㄟ　→　　ㄇㄛ　→　　ㄨㄟ（ㄨㄝ）

例二：

六	音	韻	時期
上古音	ㄌㄤˋ	ㄚ	商、周、先秦
	ㄌㄥ	ㄧ	
中古音	ㄌㄛˊ	ㄛ	漢
	ㄌㄛˋ	ㄛ	隋唐

註：陸（六的大寫）

大ㄉㄞˋ 陸ㄌㄛˋ。同中古音

近古音 ［ㄉㄨ。　ㄨ　宋、元、明　註：大ㄉㄚˋ陸ㄉㄨˋ同近古音

現代音 ［ㄉㄧㄡ　（ㄉㄛㄨ）　清、民國

㈢ 韻母的消失

請參閱聲母的演化第五條，舌尖前音ㄗ、ㄘ、ㄙ與捲舌音ㄓ、ㄔ、ㄕ、ㄖ可作爲韻母條。

第七章
淺談聲隨韻的演化

㈠聲隨韻的轉化

　　聲隨韻 ㄇ（m）、ㄣ（n）、ㄥ（ŋ），在上古時期ㄇ、ㄥ可單獨作為韻母，ㄣ韻則以複韻出現。

　　諸如：ㄨㄣ、ㄅㄚㄣ、ㄧㄧㄢ、ㄨㄢ

以ㄇ、ㄥ單獨韻母而言，兩者各有各的轉化。

㈠ㄇ韻：閉口韻、雙唇鼻音尾，含有ㄇ韻的複韻母有ㄦ、ㄩㄇ、ㄚㄇ、ㄧㄇ，而單韻的轉化則為ㄚ、ㄨ，複韻為ㄠㄚㄨ、ㄨ、ㄨㄧ、ㄨㄝ

	上古音	中古音	現代音	
①	撼ㄏㄇ	→	ㄏㄚㄇ	→ ㄏㄢ　轉ㄚ韻（尾韻未消失）
②	姆ㄇㄨ	→	ㄇㄨ	→ ㄇㄨ　轉ㄨ韻
③	茅ㄇㄚㄇ	→	ㄇㄠ	→ ㄇㄠ　轉ㄠㄚㄨ韻

④ 不ㄇ → ㄏㄏㄅ → ㄅ ㄅ 轉ㄨ、ㄡ韻（受上古音ㄇ
　　　　　ㄨㄨㄅ　　ㄨㄡ　　ㄨ　ㄨㄡ　 的影響）

⑤ 梅ㄇ → ㄇㄇ → ㄇ 轉ㄨㄟ、ㄨㄟ
　　　　　ㄨㄨ　　ㄟ
　　　　　ㄟㄟ

⑥ 媒ㄇ → ㄇㄇ → ㄇ 轉ㄨㄟ、ㄨㄟ
　　　　　ㄨㄨ　　ㄟ
　　　　　ㄟㄟ

（二）ㄥ韻：含有ㄥ韻的複韻母有ㄛ、ㄡ、ㄝ、ㄤ、ㄧㄤ、ㄨㄤ，而

單韻，ㄥ的轉化則為ㄧ、ㄛ、ㄨ，複韻則為ㄨㄚ、ㄧㄚ

　　　　上古音　　中古音　　現代音

① 戲ㄥ → ㄏ → ㄒ 轉ㄧ韻
　　　　　ㄟ　　ㄧ

② 髏ㄌ → ㄌ → ㄌ 轉ㄛ韻
　　ㄥ　　ㄛ　　ㄡ

　當ㄉ → ㄉ → ㄉ 轉ㄛ韻（尾韻未消失）
　　ㄥ　　ㄛ　　ㄤ

　方ㄈ → ㄈ → ㄈ 全上
　　ㄥ　　ㄛ　　ㄤ

　床ㄔ → ㄔ → ㄔ 全上
　　ㄥ　　ㄛ　　ㄨㄤ

③ 遇ㄩ → ㄤ → ㄩ 轉ㄨ韻
　　ㄥ　　ㄨ

　問ㄇ → ㄇ → ㄨ 轉ㄨ韻（聲隨韻互轉，
　　ㄥ　　ㄨㄣ　　ㄣ　 ㄥ轉ㄣ）

④ 勸ㄎ → ㄎ → ㄑ 轉ㄨㄚ韻（聲隨韻互轉，
　　ㄥ　　ㄨㄥ　　ㄩㄢ　 ㄥ轉ㄣ）

　全ㄗ → ㄗ → ㄑ 全上
　　ㄥ　　ㄨㄢ　　ㄩㄢ

⑤ 向ㄥ → ㄏ → ㄒ 轉ㄧㄚ韻（尾韻未消失）
　　ㄤ　　ㄤ　　ㄧㄤ

註：泉音ㄏㄛㄤ則為含一、ㄛ韻。

㈡ 聲隨韻的互轉

聲隨韻ㄇ、ㄣ、ㄥ三者，可互爲轉化。

```
    上古音      中古音       現代音
① 飲ㄉㄇˋ  →   ㄇˋ   →   ㄣˇ   現代音ㄇ轉ㄣ
  骯髒ㄚㄇˊ →  ㄚˊ   →  ㄤˊ(ㄚㄚˊ) 上古音ㄇ消失，現
                              代音轉ㄥ
② 忍ㄉㄣˇ  →   ㄇˇ   →   ㄖㄣˇ   ㄣ轉ㄇ，再轉ㄥ
  軟ㄖㄨㄣˇ →  ㄖㄨㄣˇ  →  ㄖㄨㄢˇ  上古音ㄣ轉ㄥ
③ 興ㄒㄥ  →  ㄒㄥ^ㄒㄣ^ㄒㄚ^ㄇ → ㄒㄥ ㄒㄥ  ㄥ轉ㄣ
                              ㄥ轉ㄇ
```

㈢ 聲隨韻的消失

　　這裏所指的聲隨韻，是雙唇鼻音尾的ㄇ韻，近古時期的元代，已有部分消失，在周德清"中原音韻"中，寢韻的品字，凡韻（符咸切）的凡、帆等字，已轉成ㄣ韻尾，而在明代中期，ㄇ韻就已全部消失轉化成ㄣ韻尾，在徐

孝＂重訂司馬溫公等韻圖經＂深、咸兩攝歸入了臻、山兩攝，從此就再也見不到ㄇ韻的陽聲字。

中古時期入聲尾（p、t、k即塞聲韻尾），在元代消失，而陽聲尾ㄇ韻，是在明代中期左右才全部消失的。ㄇ韻尾轉成ㄣ韻尾，稱爲異化作用。

	中古音		現代音
例如 ①	蓼、森 ㄒㄧㄇ	→	ㄙㄣ
	今 ㄍㄧㄇ	→	ㄐㄧㄣ
②	站 ㄗㄧㄢ	→	ㄓㄢ
	咸 ㄏㄧㄇ	→	ㄒㄧㄢ
	覽 ㄌㄧㄇ	→	ㄌㄢˇ
③	掩 ㄧㄇ	→	ㄧㄢˇ
	塩 ㄧㄇ	→	ㄧㄢˊ
	簽 ㄑㄧㄇ	→	ㄑㄧㄢ

除了陽聲尾ㄇ韻外，齊齒韻的ㄧ韻，細音轉洪音、洪音轉細音及合口韻的ㄨ韻，合口轉開口、開口轉合口，也稱爲異化作用。以ㄨ韻來舉例：

中古音　　現代音

① 潘ㄆㄨㄢ　→　ㄆㄢ　　ㄨ韻消失，合口轉開口

　盤ㄅㄨㄢˊ　→　ㄆㄢˊ　仝上

② 多ㄉㄛ　→　ㄉㄨㄛ　　開口轉合口，出現介音ㄨ韻

　錯ㄘㄛˋ　→　ㄘㄨㄛˋ　仝上

第八章
淺談聲調的演化

　　上古有「四調兩類」之說，平上去入四個調，平上相近，去入相近，故平上常通押，去入常通押。而平上去入是由 "詩經" 以前不同輔音韻尾失落而形成。

　　在中古時期，平上去入四調分清濁（或曰陰陽、或曰上下），成爲四調八聲。

　　清平，轉成現代陰平（第一聲）

　　濁平，轉成現代陽平（第二聲）

　　清上（含次濁上），轉現代上聲（第三聲）

　　全濁上則歸去聲（第四聲）

　　清去及濁去全歸現代去聲（第四聲）

　　清入，則歸現代四聲中（第一、二、三、四聲）

　　濁入，轉入陽平與去聲（第二、四聲）

　　然考究現代上聲中，併含有中古聲調中的平、去和

濁入。即除全濁上外，現代音上聲含有中古四調八聲的轉
入。舉例如下：

例一：清平
噂 ㄗㄨㄣ → ㄗㄨㄣˇ
淬 ㄗㄝ → ㄗˇ
跰 ㄅㄢ → ㄐㄧㄢˇ
潛 ㄙㄢ → ㄗㄢˇ

例二：濁平
閩 ㄇㄢˊ → ㄇㄧㄣˇ
旻 ㄇㄨˊ → ㄇㄧㄣˇ
鉉 ㄏㄢˊ → ㄒㄩㄢˇ
搗 ㄅㄨˊ → ㄅㄠˇ

例三：清去
傘 ㄙㄢˋ → ㄙㄢˇ
戩 ㄐㄧㄢˋ → ㄐㄧㄢˇ
灑 ㄙㄝˋ → ㄙㄚˇ
傑 ㄍㄇˋ → ㄐㄧㄢˇ

例四：濁去
鮞 ㄏㄨㄣˋ → ㄏㄨˇ
祖 ㄅㄢˋ → ㄊㄢˇ
衍 ㄏㄢˋ → ㄧㄢˇ
洒 ㄇㄢˋ → ㄇㄧㄢˇ

例五：濁入 ⎧ 蜀ㄕㄨˊ。→ ㄕㄨˇ
　　　　　 ⎪ 鵠ㄏㄨˊ。→ ㄍㄨˇ
　　　　　 ⎨ 屬ㄕㄨˊ。→ ㄕㄨˇ
　　　　　 ⎪ 縣ㄒㄧㄚˊ。→ ㄒㄧㄢˋ
　　　　　 ⎩ 淈ㄎㄨㄣˊ。→ ㄍㄨˇ

註：①平聲的分化在北宋時期出現。

　　　濁上歸去最早出現在唐代，而全濁上聲歸去聲與入聲變爲其它調，則全面出現於元代（周德清・《中原音韻》）。

　　②以單字而言，聲調的發展以平對平，仄對仄發展居多，平仄聲同時存在而發展居少，平轉仄、仄轉平亦少。

第九章
語詞綜合舉例，說明演化軌跡

（一）　　　　上古音　　　　中古音　　　　現代音

水　　ㄗㄨˇ　→　　ㄙㄨˋ　→　　ㄕㄨㄟˇ

牛　　ㄤㄨˇ　→　　ㄤㄧㄨˇ　→　　ㄋㄧㄡˊ

甲 ┌ 水的聲母：ㄗ轉ㄙ爲互轉音，ㄙ轉ㄕ爲捲舌化。

　　├ 水的韻母：ㄨ轉ㄨㄟˇ（ㄨㄝ），屬韻母的融合。

　　└ 水的聲調：皆爲上聲。

乙 ┌ 牛的聲母：ㄤ轉ㄋ舌尖前鼻音，由ㄅㄉ及ㄤㄏㄒ帀轉化而來。（ㄅㄉ舌尖前音、ㄤㄏㄒ爲舌根音弱化、帀日紐爲娘日歸泥），舌根音請參閱第十六章。

　　├ 牛的韻母：ㄨ→ㄧㄨ→ㄧㄡ（ㄛㄨ），由單韻轉複韻，屬韻母的融合。

　　└ 牛的聲調：皆爲陽平（下平聲）。

(二)　　　　上古音　　　　中古音　　　　現代音

看　ㄎㄨㄢˆ ㄎㄨㄚ　→　ㄎㄢˆ　→　ㄎㄢˆ

見　ㄍㄧㄠˆ　→　ㄍㄧㄢˆ　→　ㄐㄧㄢˆ

甲　看的聲母：ㄎ從上古至現代並無變化。

　　看的韻母：上古ㄨㄚ、ㄨㄠ屬韻的旁轉，中古ㄨ韻消失，合口轉開口，ㄚ→ㄢ(ㄚㄣ)鼻音消失，轉附聲隨韻ㄣ。

　　看的聲調：皆爲去聲。

乙　見的聲母：ㄍ轉ㄐ，屬聲母的對轉，由於顎化作用，轉成舌面音。

　　見的韻母：ㄧ→ㄢ(ㄚㄣ)轉複韻，並附聲隨韻，此類韻轉非常普遍。

　　見的聲調：皆爲去聲。

(三)　　　　上古音　　　　中古音　　　　現代音

月　ㄛㄨㄝˆ ㄛㄝˆ(泉)ㄛˆ　→　ㄛㄨㄢˆ　→　ㄩㄝˆ

娘　ㄌㄨ ㄌㄚˇ　→　ㄌㄤˇ　→　ㄌㄧㄤ

甲　月的聲母：現代音，兀聲母消失

　　月的韻母：上古ㄝ、ㄨㄝ單韻轉複韻，屬旁轉，泉

　　　　州音ㄛ，屬元音的轉化。中古ㄨㄢ（ㄨㄚㄣ）屬

　　　　韻的對轉，附聲隨韻，即陰聲韻轉陽

　　　　聲韻。現代音ㄩㄝ，又轉回陰聲韻，介

　　　　音ㄨ轉ㄩ。

　　月的聲調：下入聲轉去聲（請參閱第八章）

乙　娘的聲母：ㄋ從上古至現代，並無變化。

　　娘的韻母：ㄡ、ㄚ上古韻旁轉，ㄤ（ㄚㄣ）中古韻對轉。

　　娘的聲調：皆為陽平（下平聲）。

(四)　　　　上古音　　　　　中古音　　　　　現代音

　葵　ㄎㄨㄝ ㄍㄨㄝ ㄍㄨ　→　ㄍㄨˇ　→　ㄎㄨㄟˊ

　扇　ㄒㄧㄢˋ　→　ㄒㄧㄢˋ　→　ㄕㄢˋ

甲　葵的聲母：ㄍ、ㄎ屬舌根音的互轉。

　　葵的韻母：ㄝ轉ㄨㄝ ㄨㄧ屬韻的旁轉，現代音ㄨㄟ（ㄨㄝㄧ）屬

　　　　韻的融合。

　　葵的聲調：皆為陽平（下平聲）

乙 ┌ 扇的聲母：ㄒ→ㄕ捲舌化

　　├ 扇的韻母：一→ㄢㄚ 前已說明。

　　└ 扇的聲調：皆爲去聲。

（五）　　　　上古音　　　　中古音　　　　現代音

平　　ㄅㄛ ㄅㄝ ㄅㄚ　→　　ㄅㄥ　→　　ㄆㄥ

仄　　ㄗㄝ ㄐㄥ　→　　ㄐㄚ　→　　ㄗㄜ

甲 ┌ 平的聲母：ㄅ→ㄆ聲母互轉。

　　├ 平的韻母：一、ㄝ、ㄚ元音轉化及韻的旁轉，ㄥ
　　│　　　　　屬韻的對轉。

　　└ 平的聲調：皆爲陽平（下平聲）。

乙 ┌ 仄的聲母：ㄗ→ㄐ聲母對轉，由於顎化作用。

　　├ 仄的韻母：ㄝ→ㄥ→ㄚ屬韻母的對轉，現代音

　　│　　　　　ㄜ，從上古音ㄥㄛ，介音與聲隨韻皆

　　│　　　　　消失。

　　└ 仄的聲調：上入聲轉去聲（ㄱ、ㄝ同爲去聲）。

（六）　　　　上古音　　　　中古音　　　　現代音

肮　　ㄚㅁ　→　　ㄚ ㄞㄛ　→　　ㄤ

髒　　ㄗㄚㅁ　→　　ㄗㄚ ㄛㄥ　→　　ㄗㄤ

甲 ┌ 舫的聲母：無聲母（零聲母）

　　舫的韻母：ㄚㄇ → ㄚ，聲隨韻ㄇ消失，ㄚ → 尢ㄥ 轉附聲隨韻ㄥ（中古音ㄎㄥ^ㄠ屬另一個音系）

　　└ 舫的聲調：皆爲陰平（上平聲）。

乙 ┌ 髒的聲母：同爲ㄗ。

　　髒的韻母：同 "舫" 字音變化

　　└ 髒的聲調：皆爲陰平（上平聲）

㈦　　　上古音　　　中古音　　　現代音

蟾　ㄐㄨ　→　ㄒㄚㄇ　→　ㄔㄢ

蜍　ㄗㄨㄐ　→　ㄒ　→　ㄔㄨ

甲 ┌ 蟾的聲母：ㄐ→ㄒ聲母互轉，ㄔ捲舌化。

　　蟾的韻母：ㄨ→ㄚㄇ，韻母對轉，ㄚㄇ→ㄢㄚㄥ介音消失，聲隨韻ㄇ轉ㄣ

　　└ 蟾的聲調：皆爲陽平（下平聲）。

乙 ┌ 蜍的聲母：上古ㄗ→ㄐ舌尖前音轉舌面音，屬顎化作用，餘同 "蟾" 聲母的轉化。

　　蜍的韻母：ㄨ→一→ㄨ屬元音韻母的轉化。

　　└ 蜍的聲調：皆爲陽平（下平聲）

(八)　　　　上古音　　　中古音　　　現代音

玄　　ㄏㄡˊ　→　ㄏㄢˊ　→　ㄒㄩㄢˊ

鳥　　ㄐㄠˇ　→　ㄉㄠˇ　→　ㄋㄠˇ

甲　玄的聲母：ㄏ轉ㄒ，顎化作用。

　　玄的韻母：一轉ㄢ（ㄧㄚ、ㄧㄢ），前已說明，一→ㄩ齊齒韻轉撮口韻。

　　玄的聲調：同為下平聲（陽平）。

乙　鳥的聲母：ㄐ轉ㄉ，屬聲母對轉，ㄉ轉ㄋ，屬聲母互轉（受韻母帶鼻音的影響）

　　鳥的韻母：同為ㄠ韻。

　　鳥的聲調：同為上聲。

(九)　　　　上古音　　　中古音　　　現代音

燕　　ㄛˋ　→　ㄢˋ　→　ㄧㄢˋ

子　　ㄚ　→　ㄗㄨ　→　ㄗˇ（ㄗˇ）

甲　燕的聲母：零聲母。

　　燕的韻母：一→ㄢ，前已說明。

　　燕的聲調：同為去聲。

乙
- 子的聲母："子"上古的聲母有ㄍ、ㄐ、ㄗ，此從"棋子"ㄗㄧˋ的聲母，爲互轉聲母（ㄗ→ㄗ）
- 子的韻母：ㄚ→ㄨ爲元音的轉化，現代音韻母消失。
- 子的聲調：同爲上聲（現代語音同爲仄聲）

註：燕子是商朝的吉祥物「玄鳥」，燕字可與"玄"字語音對照。

㈩

	上古音		中古音		現代音
啞（瘂）	ㄝˋㄚˋ	→	ㄚˋ	→	ㄧㄚˇ
口	ㄍㄠˋ	ㄎㄛˋ→（泉）	ㄎㄠˋ ㄎㄧㄜˋ	→	ㄎㄡˇ

甲
- 啞的聲母：零聲母。
- 啞的韻母：ㄝ→ㄚ元音轉化，ㄚ→ㄧㄚ加入介音，單韻轉複韻。
- 啞的聲調：同爲上聲。

乙
- 口的聲母：ㄍ→ㄎ，聲母互轉。
- 口的韻母：ㄠ→ㄛ（泉），複韻轉單韻，ㄠ（ㄚㄨ）、ㄧㄜ、ㄡ（ㄛㄨ），皆爲韻的旁轉。
- 口的聲調：同爲上聲。

註：口的另一個音系：

口ㄘㄨㄧˆ→嘴ㄘㄨㄧˆ→現代音ㄗㄨㄟˇ（ㄗㄨㄝㄧˇ），指人嘴。

喙ㄘㄨㄧˆ→現代音ㄏㄨㄟˋ（ㄏㄨㄝㄧˋ），指鳥嘴。

	上古音	中古音	現代音
(士)			
飲（歠）	ㄉㄇ	→ ㄇ ㄅ →	ㄅ
茶	ㄉㄝ	→ ㄔㄚ →	ㄔㄚ

甲 ┌ 飲的聲母：中古音聲母消失。

　　├ 飲的韻母：中古音 ㄇ→ㄅ 屬聲隨韻的互轉，亦即
　　│　　　　　韻的旁轉。

　　└ 飲的聲調：中古聲調由平轉仄。

乙 ┌ 茶的聲母：ㄉ→ㄔ 舌尖音與舌尖前音的對轉，ㄔ
　　│　　　　　捲舌化。

　　├ 茶的韻母：ㄝ→ㄚ 元音轉化。

　　└ 茶的聲調：同為下平聲（陽平）。

	上古音	中古音	現代音
(土)			
喝	ㄏㄨㄚ·	→ ㄏㄅ· →	ㄏㄜ
茶	ㄉㄝ	→ ㄔㄚ →	ㄔㄚ

　　┌ 喝的聲母：古今不變。

　　├ 喝的韻母：ㄨㄚ→ㄅㄚㄅ，複韻轉單韻，並附聲隨韻。

　　│　　　　　ㄅㄚㄅ→ㄜ，聲隨韻消失，元韻轉ㄜ。

　　└ 喝的聲調：古上入聲可轉入現代音四聲中（請參
　　　　　　　　閱第八章）

註：①呵ㄏㄚ→ㄜ→ㄏㄜ，習慣上，上古音喝茶唸成呵茶ㄏㄚ ㄅㄜ。

　　②渴ㄎㄨˋ→ㄎㄜˋ→ㄎㄜ，可與 "喝" 字語音對照。

　　③口渴唸成口乾ㄎㄨ ㄅㄚ，唸成ㄎㄨ ㄎㄨˋ的極少。

（圭）　　　　上古音　　　　中古音　　　　現代音

　　土　　ㄅㄜ ㄊㄜ　→　　　ㄊㄜ　→　　　ㄊㄨˇ

　　蠦　　ㄍㄨ ㄍㄢ　→　ㄎㄢ（ㄇ ㄇˇ）→　ㄑㄢ ㄑㄢˇ

甲┌土的聲母：ㄅ→ㄊ聲母的互轉。
　│土的韻母：ㄜ→ㄨ元音轉化。
　└土的聲調：平轉仄，下平聲轉上聲。

乙┌蠦的聲母：ㄍ ㄎ互轉，ㄑ為對轉，因介音的關
　│　　　　係，產生顎化作用。
　│蠦的韻母：ㄨㄢ→ㄢ　ㄇ為韻母的旁轉。
　└蠦的聲調：同為上聲，中古時期有轉為去聲，現
　　　　　　代音亦同。

註：ㄎㄢ集韻的反切音，ㄇˇ廣韻的反切音。

（酉）　　　　上古音　　　　中古音　　　　現代音

　　蚯　　ㄎㄨ　→　　ㄎㄨ　→　　ㄑㄡ

　　蚓　　ㄍㄢ　→　　ㄧㄢ　→　　ㄧㄣˇ

甲
- 蚯的聲母：ㄎ→ㄑ 顎化作用。
- 蚯的韻母：ㄨ→ㄡ 單韻轉複韻，融入介音。

  ㄡ→ㄡ(ㄛ/ㄨ)，複韻再融入ㄛ韻母。
- 蚯的聲調：同爲上平聲（陰平）。

乙
- 蚓的聲母：上古聲母ㄍ，中古聲母消失。
- 蚓的韻母：古今不變。
- 蚓的聲調：同爲上聲。

註：① 地龍 ㄉㄧㄥˊ → ㄉㄧㄛˋㄥ → ㄉㄨㄥˊ

　　曲蟮（蟺）ㄎㄩㄒㄧㄢˊ → ㄎㄒ‧ㄧㄢˊ → ㄑㄩㄕㄢˇ

② 地龍（中藥名）、曲蟮，即蚯蚓也。蚯蚓即土蟥（子）也。

(五)

	上古音		中古音		現代音
珊	ㄙㄨㄢ	→	ㄙㄢ	→	ㄕㄢ
瑚	ㄉㄛˊㄏㄛˊ	→	ㄛˊ	→	ㄏㄨˊ

甲
- 珊的聲母：ㄙ轉ㄕ，捲舌化。
- 珊的韻母：ㄨㄢ→ㄢ，介音消失。
- 珊的聲調：同爲上平聲（陰平）。

乙
- 瑚的聲母：ㄉ→ㄏ 邊聲轉舌根音，如瘊ㄉㄛˊ→ㄏㄛˊ→ㄏㄡˊ，中古聲母消失，現代音恢復上古聲母。
- 瑚的韻母：ㄛ→ㄨ，元韻的轉化。
- 瑚的聲調：同爲下平聲（陽平）。

註：珊瑚ㄕㄢ ㄏㄨˊ，屬語音中的連音關係，在第十一章說明

(共)　　　上古音　　　中古音　　　現代音

放　ㄅㄤˋ　→　ㄏㄠˋ　→　ㄈㄤˋ

水　ㄕㄨㄧˇ　→　ㄙㄨㄟˇ　→　ㄕㄨㄟˇ

流　ㄌㄠˊ　→　ㄌㄨˊ　→　ㄌㄧㄡˊ

甲　┌　放的聲母：ㄅ→ㄏ→ㄈ雙唇音與舌根音、舌根音
　　│　　　　　　與唇齒音的對轉。如肥ㄅㄟˊ→ㄏㄟˊ→ㄈㄟˊ，
　　│　　　　　　分ㄅㄣˊ→ㄏㄣˊ→ㄈㄣ
　　│　放的韻母：ㄤ(ㄚㄥ)→ㄠˋ，韻的旁轉。
　　└　放的聲調：同為去聲。

乙　┌　水的聲母：ㄕ→ㄙ聲母互轉，ㄕ捲舌化。
　　│　水的韻母：ㄨㄧ轉ㄨㄟ(ㄨㄝㄧ)，複韻的融合。
　　└　水的聲調：同為上聲。

丙　┌　流的聲母：古今不變。
　　│　流的韻母：ㄠ(ㄚㄨ)→ㄨ，韻的旁轉。ㄨ→ㄧㄡ(ㄧㄛㄨ)複韻
　　│　　　　　　的融合。
　　└　流的聲調：同為下平聲（陽平）。

(七)　　　　上古音　　　　中古音　　　　現代音

關　ㄍㄨㄞ　→　ㄍㄨㄢ　→　ㄍㄨㄢ

關　ㄍㄨㄞ　→　ㄍㄨㄢ　→　ㄍㄨㄢ

雎　ㄘㄨ　→　ㄑㄧ　→　ㄐㄩ

鳩　ㄍㄚ·ㄍㄠ　→　ㄎㄧㄨ　→　ㄐㄧㄡ

甲　關的聲母：古今不變。

關的韻母：ㄨㄞ(ㄨㄚ/ㄧ)→ㄨㄢ(ㄨㄚ/ㄣ)，韻母的對轉。

關的聲調：同為上平聲（陰平）。

乙　雎的聲母：ㄘ→ㄑ聲母對轉。由於"ㄧ"韻，造成顎化現象。

ㄑ→ㄐ聲母旁轉。

雎的韻母：ㄨ→ㄧ韻母轉化，ㄧ→ㄩ齊齒轉撮口。

雎的聲調：同為上平聲（陰平）。

丙　鳩的聲母：ㄍ→ㄎ聲母互轉，ㄎ→ㄐ聲母對轉，介音顎化。

鳩的韻母：ㄚ→ㄠ(ㄚ/ㄨ)單韻轉複韻，ㄠ(ㄚ/ㄨ)→ㄧㄨ韻的旁轉，此亦稱複韻單轉，ㄧㄨ→ㄧㄡ(ㄧㄛ/ㄨ)複韻的融合。

鳩的聲調：上古入聲轉上聲，中古轉成平聲。

註：①古時勹ㄎㄨ字可代九、鳩，故中古時期勹、鳩同音，聲
　　　調轉成平聲。

　　②斑鳩ㄅㄤㄚ·　→　ㄅㄤ ㄎㄨ　→　ㄅㄢ ㄐㄧㄡ

　　　ㄅㄤ(ㄅㄥ)→ㄅㄢ(ㄅㄚ)，聲隨韻互轉，亦即韻的旁轉。

(六)　　　　　上古音　　　　　中古音　　　　　現代音

　　宜　ㄤㄨˊ ㄤ ㄛˊ　→　ㄤ ㄧˇ　→　ㄧˊ

　　室　ㄒㄥ·　→　ㄒㄣ·　→　ㄕˋ

　　宜　ㄤㄨˊ ㄤ ㄛˊ　→　ㄤ ㄧˇ　→　ㄧˊ

　　家　ㄍㄚ　→　ㄍㄝ　→　ㄐㄧㄚ

甲┌宜的聲母：現代聲母ㄤ消失。
　│宜的韻母：ㄨ、ㄛ、ㄧ元音轉化。
　└宜的聲調：同為下平聲（陽平）。

乙┌室的聲母：現代聲母捲舌化。
　│室的韻母：ㄥ→ㄣ韻的旁轉，現代ㄣ韻母消失，
　│　　　　　ㄕ聲母代替韻母。
　└室的聲調：上入聲轉現代音去聲。

丙┌家的聲母：ㄍ、ㄐ對轉，由於介音的顎化關係。
　│家的韻母：ㄚ→ㄝ元音轉化，ㄝ→ㄧㄚ單韻轉複
　│　　　　　韻。
　└家的聲調：同為上平聲（陰平）。

註：楚辭‧天問：簡狄ㄉㄧ。在臺，嚳ㄎㄨ何宜ㄋㄞ？宜：牛何反。

(九)　　　　上古音　　　　中古音　　　　現代音

	上古音		中古音		現代音
彼	ㄏㄚ	→	ㄅㄟ	→	ㄅㄧˇ
黍	ㄙㄝ	→	ㄒㄧ(ㄕㄨ)	→	ㄕㄨˇ
離	ㄌㄛ	→	ㄌㄧ	→	ㄌㄧ
離	ㄌㄛ	→	ㄌㄧ	→	ㄌㄧ

註：彼ㄏㄅ可視爲合音，
　　彼一ㄏㄚㄅ→ㄏㄅ

甲　彼的聲母：ㄏ→ㄅ聲母對轉，舌根音轉雙唇音。
　　　　　　如枇杷ㄆㄧㄆㄚ→ㄅㄧㄆㄚ（ㄏ、兀爲舌根音）
　　彼的韻母：ㄚ→ㄧ複韻轉單韻。
　　彼的聲調：平聲轉上聲。

乙　黍的聲母：ㄙ、ㄒ聲母對轉，ㄕ捲舌化。
　　黍的韻母：ㄝ、ㄧ、ㄨ元音轉化。
　　黍的聲調：同爲上聲。

丙　離的聲母：古今不變。
　　離的韻母：ㄛ、ㄧ元音轉化。
　　離的聲調：同爲下平聲（陽平）。

註：顧炎武答李子德書。
　　易ㄧˋ‧小過上六：弗遇過之，飛鳥「離」之。離音羅ㄌㄛ

（干）　　　　上古音　　　　中古音　　　　現代音

	上古音		中古音		現代音
匪	ㄏㄨㄧˋ	→	ㄏㄨㄧˋ	→	ㄈㄟˇ
夷	ㄉㄧˊ	→	ㄧˊ	→	ㄧˊ
所	ㄙㄛˇ	→	ㄙㄛˇ	→	ㄙㄨㄛˇ
思	ㄒㄧ	→	ㄙㄨ	→	ㄙ

甲　匪的聲母：ㄏ→ㄈ舌根音轉唇齒音，前已說明。

　　匪的韻母：ㄨ→ㄟ（ㄝ）複韻的旁轉。

　　匪的聲調：同為上聲。

乙　夷的聲母：中古音ㄉ聲母消失。

　　夷的韻母：古今不變。

　　夷的聲調：同為下平聲（陽平）。

丙　所的聲母：古今不變。

　　所的韻母：ㄛ→ㄨㄛ單韻轉複韻。

　　所的聲調：同為上聲。

丁　思的聲母：ㄒ、ㄙ聲母對轉。

　　思的韻母：ㄧ、ㄨ元音轉化。現代音韻母消失，

　　　　　　　ㄙ聲母代替韻母。

　　思的聲調：同為上平聲（陰平）。

註："夷"ㄉ字，喻四古歸定，上古喻母四等字（以母），

　　讀法近似定母，屬舌尖後音。

　　又如：皋"陶"ㄍㄠˊ→ㄍㄧㄠˊ→ㄍㄠˊ

第十章
探討破音字

　　一字多音現象，上古音有之，中古音有之，現代音亦有之。因現代音承上古、中古音而來，以上古音破音字居多，音不同，義也不同。

㈠ 別

上古 ┌ ㄅㄢ。　別人
　　 └ ㄅㄢ・　不ㅁ別（不識也）

中古 ┌ ㄅㄧㄢ。　離別
　　 └ ㄅㄧㄢ・　分別、大別山

　　　　　　　　　　　ㄅㄧㄝˊ 現代音

㈡ 便

上古 ┌ ㄅㄢ　　便宜ㅈㅣ˙（混讀）
　　 ├ ㄆㄧㄢ˙　便便（宜物也）
　　 └ 　　　大腹便便（肥滿也，引申爲閑雅之意）

　　　　　　　　　　　ㄆㄧㄢˊ

中古 ┌ ㄅㄧㄢˊㄅㄧㄢ　便便（辯也）　ㄅㄧㄢˊㄅㄧㄢ
　　 └ ㄈㄤ ㄅㄧㄢ　方便　　　　　　ㄅㄧㄢˋ

(三) 兵

上古 ┌ ㄅㆩ 天兵惡宿ㄒㄡ ┐
　　 └ ㄅㄧㄤˊ 兵兵（聲音也） ┘ ㄅㄧㄥ ㄅㄧㄥ　現代音

中古 ┌ ㄅㄧㄥ 兵眾、兵卒 ┐ ㄅㄧㄥ

(四) 把

上古 ┌ ㄅㆤ 一把、一把火、一把柴 ┐
中古 └ ㄅㄚ 門把、把握 ┘ ㄅㄚˇ

(五) 傍

上古 ┌ ㄅㄥ 倚ㄍㄨˇ傍、傍靠ㄎㄛˋ ┐ ㄅㄤ

中古 ┌ ㄅㄛˊ 仝„旁"字 ┐
　　 └ ㄅㄧㄥ 傍傍（不得已也） ┘ ㄆㄤˊ

(六) 瑁

中古 ┌ ㄅㄨㆤ 玳瑁 ┐
　　 ├ ㄇㄠˋ 瑁（名玉也） ┤ ㄇㄠˋ（ㄇㄟˋ）
　　 └ ㄇㄛˋ （贈死以車馬者） ┘

(七) 噴

上古 ┌ ㄆㄨ 噴水 ┐ ㄆㄣ
中古 └ ㄆㄨㄣˊ 噴嚏ㄊㄧˋ ┘ ㄆㄣ

(八) 縫

上古 ┌ ㄆㄤ 隔ㄍㆤˋ·縫、門ㄈㄥˋ·縫 ┐ ㄈㄥ
　　 └ ㄅㄤˊ 縫釘 ┤
中古 　 ┌ ㄈㄛˊ 縫衣、隔ㄍㄥˋ·縫 ┘ ㄈㄥ

(九)暴　上古〔ㄆㄤ。　暴日、暴衫（仝曝）〕
　　　中古〔ㄆㄛ。　暴露（仝曝）〕ㄆㄨˋ 現代音
　　　　　〔ㄆㄛˊ　暴風、暴虐〕ㄅㄠˋ

(十)唾　上古〔ㄆㄨㄝˊ　ㄆㄨㄟˊ　唾涎ㄉㄢˊ〕ㄊㄨㄛˋ
　　　中古〔ㄊㄛˊ　　唾液ㄧㄝ。〕

(土)香　上古〔ㄆㄤ　花香、香油〕
　　　　　〔ㄏㄡˋ　上香、點香〕
　　　　　〔ㄏㄛˊ　（泉）茴香、香港〕ㄒㄧㄤ
　　　中古〔ㄏㄤ　香港〕

(土)要　上古〔ㄇㄝ·ㄇㄨˋ　要抑ㄧˇ不ㄇ〕ㄧㄠˋ
　　　　　〔ㄉㄠ。　不ㄇ要〕
　　　中古〔ㄧㄠ　要求〕ㄧㄠ
　　　　　〔ㄧㄠˊ　要緊〕ㄧㄠˋ

(土)麻　上古〔ㄇㄚˊ　麻醉、麻藥〕
　　　　　〔ㄇㄨㄚˊ　黃麻〕ㄇㄚˊ
　　　中古〔ㄇㄚˊ　面麻（面瘢也）〕
　　　　　〔ㄇㄛˊ　麻布、麻服〕

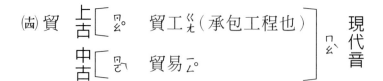

(齿) 貿　上古 [ㄇㄠˋ]　貿工ㄍㄨㄥ（承包工程也）
　　　 中古 [ㄇㄡˋ]　貿易ㄧˋ 　　　　　　　　　　　　　 現代音 ㄇㄠˋ

(去) 粥　上古 [ㄇㄨㄞˇ]　仝„糜"　　　　　　ㄇㄧˋ
　　　 中古 [ㄧㄩˊ]　仝„鬻"　　　　　　　ㄩˊ
　　　 　　 [ㄐㄧㄡˇ]　糜曰粥　　　　　　　ㄓㄡ

(夫) 幕　中古 [ㄇㄨˋ]　幕府
　　　 　　 [ㄇㄨˋ]　天幕、開幕 　　　　　ㄇㄨˋ

(七) 蓬　上古 [ㄇㄨㄚˋ]　厚ㄍㄠˋ蓬（菜名，今簡稱加末）
　　　 中古 [ㄅㄥˊ]　蓬草 　　　　　　　　　　 ㄅㄚˋ

(六) 繆　中古 [ㄇㄡˊ]　綢繆 　　　　　　　　　　 ㄇㄡˊ
　　　 　　 [ㄇㄧㄡˋ]　繆論、繆然（通„謬"字）ㄇㄧㄡˋ
　　　 　　 [ㄌㄧㄠˊ]　繆纏、繆繞（仝„繚"字）ㄌㄧㄠˊ
　　　 　　 [ㄇㄨˋ]　仝穆字，姓也 　　　　　　ㄇㄨˋ

註：音系的發展中，以單音系發展居多，多音系發展居
　　少，多音系中以雙音系居多。此„繆"字屬多音系之
　　一。第十九條„不"字，亦屬多音系發展之例。

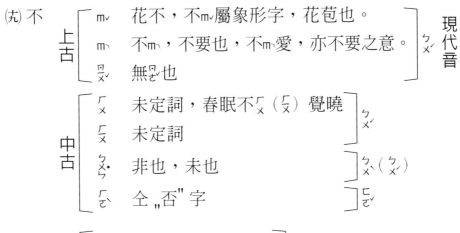

(尢) 不

上古
- ㄇ˙　花不，不ㄇ˙屬象形字，花苞也。
- ㄇ　不ㄇ，不要也，不ㄇ˙愛，亦不要之意。
- 無ㄘ˙也

現代音：ㄅㄨˋ

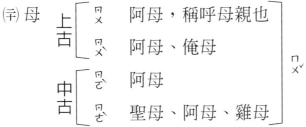

中古
- ㄈㄨ　未定詞，春眠不ㄈㄨ（ㄅㄨ）覺曉
- ㄅㄨ　未定詞
- ㄈㄡ˙　非也，未也
- ㄈㄡ　全「否」字

現代音：ㄅㄨˋ　　ㄅㄨˋ（ㄈㄨˋ）　　ㄈㄡˇ

(二十) 母

上古
- ㄇㄨ　阿母，稱呼母親也
- ㄇㄨˇ　阿母、俺母

中古
- ㄇㄛˋ　阿母
- ㄇㄛˋ　聖母、阿母、雞母

現代音：ㄇㄨˇ

(二一) 嬤　中古　ㄇㄛˋ　嬤嬤（母親之稱謂）　ㄇㄚ

(二二) 媽　上古　ㄇㄚ˙　公媽、阿媽（指祖母）　ㄇㄚ
　　　　中古　ㄇㄛˋ　母也（指媽媽）　ㄇㄚ

註：祖母，習慣上寫成阿嬤。

(二三) 姥　中古　ㄇㄛˋ　姥姥（老母也，現指外祖母）　ㄇㄨˇ（ㄌㄠˇ）

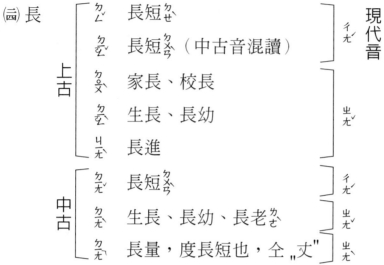

㉔ 長

上古
- 長短　ㄔㄤˊ（現代音）
- 長短（中古音混讀）　ㄔㄤˊ（現代音）
- 家長、校長　ㄓㄤˇ
- 生長、長幼　ㄓㄤˇ
- 長進　ㄓㄤˇ

中古
- 長短　ㄔㄤˊ
- 生長、長幼、長老　ㄓㄤˇ
- 長量，度長短也，全「丈」　ㄓㄤˋ

註：長（　）老，上古音混讀。

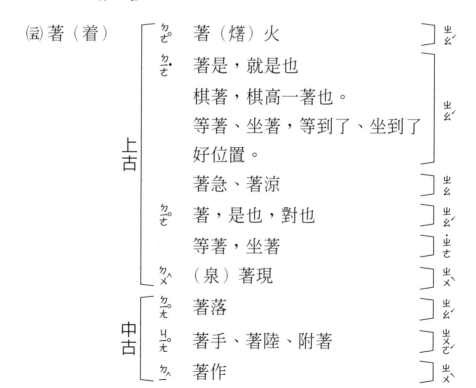

㉕ 著（着）

上古
- 著（燋）火　ㄓㄠ
- 著是，就是也　ㄓㄠ
- 棋著，棋高一著也。
- 等著、坐著，等到了、坐到了好位置。
- 著急、著涼　ㄓㄠˊ
- 著，是也，對也　ㄓㄠˋ
- 等著，坐著　ㄓㄜ˙
- （泉）著現　ㄓㄨˋ

中古
- 著落　ㄓㄨˋ
- 著手、著陸、附著　ㄓㄨㄛˊ
- 著作　ㄓㄨˋ

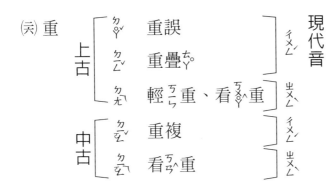

㊅ 重
上古 ⎡ ㄓㄨㄥˋ 重誤
　　⎣ ㄔㄨㄥˊ 重疊ㄉㄧㄝˊ。
　　⎣ ㄔㄤˊ 輕ㄑㄧㄥ重、看ㄎㄢˋ重
　　　　　　　　　　　　　現代音 ㄔㄨㄥˊ
　　　　　　　　　　　　　　　　 ㄓㄨㄥˋ
中古 ⎡ ㄉㄧㄛˊ 重複
　　⎣ ㄉㄧㄛˋ 看ㄎㄢˋ重
　　　　　　　　　　　　　ㄔㄨㄥˊ
　　　　　　　　　　　　　ㄓㄨㄥˋ

㊆ 中
上古 ⎡ ㄉㄧㄚ 中央
中古 ⎡ ㄉㄧㄛ 中央
　　⎣ ㄉㄧㄛˋ 射中、中風
　　　　　　　　　　　　　ㄓㄨㄥ
　　　　　　　　　　　　　ㄓㄨㄥˋ

㊇ 沉（沈）
上古 ⎡ ㄉㄧㅁˊ 沈落ㄉㄜˋ去
中古 ⎡ ㄉㅁˊ 浮ㄈㄨˊ沈
　　⎣ ㄒㅁ 沈先生，姓也
　　　　　　　　　　　　　ㄔㄣˊ
　　　　　　　　　　　　　ㄕㄣˇ

㊈ 棠
上古 ⎡ ㄉㄤ 膠棠，茄冬樹也
中古 ⎡ ㄉㄛˊ 甘棠、海棠
　　　　　　　　　　　　　ㄉㄨㄥ
　　　　　　　　　　　　　ㄊㄤˊ

㊉ 妲
上古 ⎡ ㄉㄚˋ 戲妲（旦）、苦妲（旦）
中古 ⎡ ㄉㄢˋ· 妲己，紂王妃也
　　　　　　　　　　　　　ㄉㄢˋ
　　　　　　　　　　　　　ㄉㄚˊ

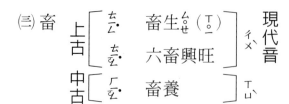

㈡ 畜
上古 ── ㄊㄧㄡˋ　畜生（ㄒㄧㄠˋ）
　　── ㄊㄡˋ　六畜興旺
中古 ── ㄏㄡˋ　畜養
現代音　ㄔㄨˋ　ㄒㄩ

㈢ 傈
上古 ── ㄊㄨㄝˋ　老傈，昏懶也　ㄌㄟˋ
　　── ㄌㄝˋ　頭傈傈　ㄌㄟˋ
中古 ── ㄌㄨㄟ　懶惰也、病也　ㄌㄟˋ

㈢ 塞
上古 ── ㄊㄞˋ　塞孔（ㄎㄤ）、塞住（ㄐㄠˋ）　ㄙㄞ
　　── ㄙㄞˋ　阻塞　ㄙㄞ
中古 ── ㄒㄧˋ　填塞、壅塞　ㄙㄜˋ
　　── ㄙㄞˊ　要塞、西塞　ㄙㄞ

㈣ 傳
上古 ── ㄊㄥˊ　傳道、傳種
中古 ── ㄊㄨㄥˊ　傳授　ㄔㄨㄢˊ
　　── ㄅㄨㄢˋ　傳住，以手圜之也
　　── ㄅㄨㄢˊ　經傳　ㄓㄨㄢˋ

㈤ 團
上古 ── ㄊㄨㄢ　團體、團隊
　　── ㄅㄨㄢˊ　團圓（ㄨㄟˊ）　ㄊㄨㄢˊ
中古 ── ㄅㄨㄟˊ　團圓（ㄩㄢˊ）

現代音

(宍) 魄
上古 [ㄊㄨㄛˋ· 落ㄌㄤ·魄] ㄊㄨㄛˊ
中古 [ㄆㄥˋ· 魂魄、魄力] ㄆㄛˋ

(㠯) 量
上古 [ㄌㄨˋ 量尺、商ㄒㄧㄠ量] ㄌㄧㄤˊ
　　 [ㄌㄧㄠˋ 度量] ㄌㄧㄤˋ
中古 [ㄌㄧㄤˊ 商ㄒㄧㄤ量] ㄌㄧㄤˊ
　　 [ㄌㄧㄤˊ 度量] ㄌㄧㄤˊ

(元) 林
上古 [ㄋㄚˊ 樹ㄑㄨˊ林、坪林、大林] ㄌㄧㄣˊ
中古 [ㄌㄧㄣˊ 樹ㄆㄨˊ林、雲林、林先生]

註：此爲文白混用的例子。

(元) 女
上古 [ㄌㄧㄢˋ 嫁女，以女嫁人也] ㄋㄩˇ
　　 [ㄌㄨˊ 男女]
中古 [ㄦˋ 全 „汝"] ㄖㄨˋ
　　 [ㄌㄧˋ 女人未嫁] ㄋㄩˇ

(罕) 忍
上古 [ㄌㄨˋ 吞忍] ㄖㄣˇ
中古 [ㄦㄇˊ 忍耐]

(四) 軟
上古 [ㄌㄨㄢˊ 軟餅] ㄖㄨㄢˇ
　　 [ㄌㄥˋ 軟硬ㄅㄥˋ]
中古 [ㄌㄨㄢˊ 軟玉]

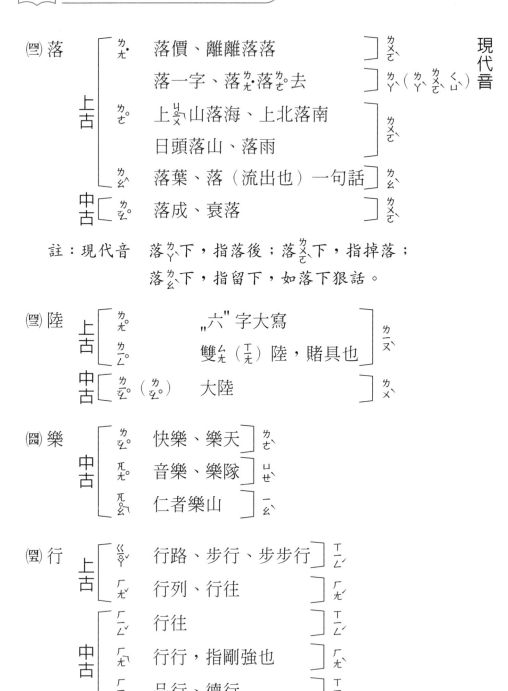

（四）落
　　上古
　　　カ・ 落價、離離落落 ┐カメ 現代音
　　　　　落一字、落カ・落カ。去 ┘カY（カ カメ く）
　　　　カて 上ㄐ山落海、上北落南 ┐
　　　　　日頭落山、落雨 ┘カメ
　　　カ 落葉、落（流出也）一句話 カ幺
　　中古 カ。 落成、衰落 ┐カメ

　　註：現代音 落カY下，指落後；落カ下，指掉落；
　　　　落カ幺下，指留下，如落下狠話。

（四）陸
　　上古 カ 「六」字大寫 ┐カ又
　　　　カ 雙ㄤ（T尢）陸，賭具也 ┘
　　中古 カ。（カ。） 大陸 ┐カメ

（四）樂
　　中古 カ。 快樂、樂天 ┐カ
　　　　兀。 音樂、樂隊 ┘ㄩ
　　　　兀幺 仁者樂山 ┐一幺

（四）行
　　上古 《 行路、步行、步步行 ┐T
　　　　ㄏ尢 行列、行往 ┐ㄏ尢
　　中古 ㄏ 行往 ┐T
　　　　ㄏ尢 行行，指剛強也 ┐ㄏ尢
　　　　ㄏ 品行、德行 ┐T

現代音

（四六）供
　上古〔
　　ㄍㄨㄥ　口供、供狀　〕ㄍㄨㄥˋ
　　ㄍㄨㄥˋ　齋供，齋敬也　〕ㄍㄨㄥˋ
　中古〔
　　ㄍㄨㄥ　供給ㄐㄧˊ˙、供奉　〕ㄍㄨㄥ（供給ㄐㄧˇ）

（四七）復
　上古〔
　　ㄈㄨˊ˙　復來
　　ㄈㄨˊ˙　重復（全複）
　中古〔
　　ㄈㄨˊ˙　光復、答復（全覆）
　　ㄈㄨ　再復
　　　　　　　　　　　　　　　　ㄈㄨˋ

（四八）解
　上古〔
　　ㄍㄝˇ　解開
　中古〔
　　ㄍㄞˇ　解散、解脫　　　　　　ㄐㄧㄝˇ
　　ㄏㄞˋ　解后（全邂逅）、解，姓也。　ㄒㄧㄝˋㄐㄧㄝˇ
　　　　　解元、解差ㄘㄞ

（四九）過
　上古〔
　　ㄍㄨㄛˋ　過去、行ㄏㄤˊ過　　ㄍㄨㄛˋ
　中古〔
　　ㄍㄛˋ　過錯、大過
　　ㄍㄛ　過福，享優厚而不知足也　ㄍㄨㄛ

（五十）更
　上古〔
　　ㄍㄥ　三更半暝ㄇㄧㄥ　〕ㄍㄥ（ㄐㄧㄥ）
　　ㄍㄥ　三更半暝ㄇㄧㄝ
　中古〔
　　ㄍㄥ　變更、更替　〕ㄍㄥ
　　ㄍㄥ　更加、更是　〕ㄍㄥ

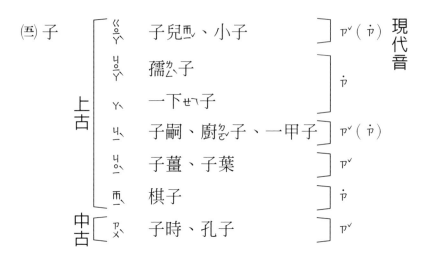

註：①子、囝通用。

但語音演化不同

以「子」字為佳。

②囝，音 ㄌㄞ → ㄋㄞ（ㄋㄢˋ），吳女呼女也，指小女。以此字稱囡子（ㄋㄢ ㄚˋ）不妥，反而以囝子（ㄋㄢ ㄚˋ）稱之較妥，指小孩。兀、巜為互轉聲母。

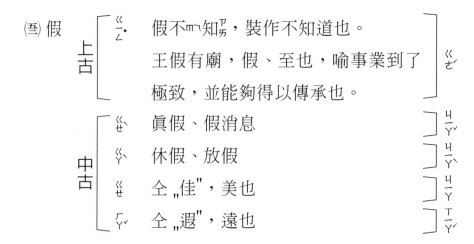

（圭）管
上古
- ㄍㄛ　管話（講話）、水管
- ㄍㄥ　小管（小卷）、米管
中古
- ㄍㄨㄢ　主管、管理、管氏

現代音　ㄍㄨㄢ

（圉）巧
上古
- ㄎㄠ　成ㄐㄧㄚ巧，很聰明也
- ㄎㄚ　食ㄐㄧㄚ巧，吃精緻好吃的
中古
- ㄎㄠ　巧智，亦指聰明也

ㄑㄧㄠ

（圭）扣
上古
- ㄆㄚ　扣乎歹ㄆㄞ（ㄆㄞ），擊壞也
- 　　　扣虎卵（屪）ㄌㄢ，喻胡亂講也
- ㄎㄠ　扣掉
中古
- ㄎㄜ　扣擊ㄍㄧ·
- ㄎㄜ　扣除、扣減

ㄎㄡ

（英）坩
上古
- ㄎㄚ　飯坩
中古
- ㄎㄚㄇ　坩，陶土製之容器

ㄎㄢ（ㄍㄢ）

（毛）缺
上古
- ㄎㄧ·　缺角ㄍㄤ·、缺口ㄎㄨ·
- ㄎㄚ·　一ㄐㄧㄣ缺、破ㄆㄨㄚ缺
- ㄎㄨㄝ·　空ㄎㄤ缺、占缺、出缺
中古
- ㄎㄨㄢ·　缺點、圓ㄨㄢ缺

ㄑㄩㄝ

㊿ 研
上古 ⎡ ㄧㄢˇ　研石，研布石也
　　 ⎣ ㄧㄢˊ　研究、研石　　　⎦ ㄧㄢˊ 現代音
中古 ⎡ ㄏㄧㄢˇ　仝„硯"字　　　⎦ ㄧㄢˋ
　　 ⎣ ㄧㄢˇ　研究　　　　　　⎦ ㄧㄢˊ

㊾ 惶
上古 ⎡ ㄏㄨㄚˊ　驚惶
中古 ⎣ ㄏㄠˊ　惶恐 ㄎㄠˇ ⎦ ㄏㄨㄤˊ

㊱ 雄
上古 ⎡ ㄏㄥˊ　無ㄇㄛˇ雄、交媾無雄，無受精也
中古 ⎣ ㄏㄧㄥˊ　英雄　　　　　　　　　　　　⎦ ㄒㄩㄥˊ

㈥ 僥
中古 ⎡ ㄏㄠˊ　僥倖　　　　　⎦ ㄐㄧㄠˇ（ㄧㄠˊ）
　　 ⎢ ㄍㄠˊ　僥，僞也　　　⎦ ㄐㄧㄠˇ
　　 ⎣ ㄧㄠˊ　僬ㄐㄠ僥族（氏）⎦ ㄧㄠˊ

㈤ 磁
上古 ⎡ ㄏㄚㄇ· 磁石
　　 ⎣ ㄏㄨˋ 仝„瓷"字 ⎦ ㄘˊ
中古 ⎣ ㄗㄨˋ 磁石 ⎦

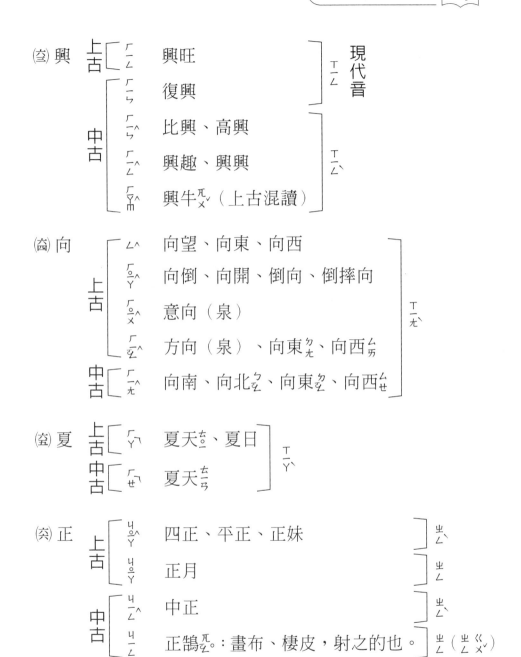

(七) 少　上古　ㄐㄧㄠ　尚ㄒㄧㄠˋ少，年少也　ㄕㄠˋ
　　　　　　ㄐㄧㄠˋ　眞少、少數　ㄕㄠˇ
　　　中古　ㄒㄧㄠˇ　多少　ㄕㄠˇ
　　　　　　ㄒㄧㄠˋ　少年、少爺　ㄕㄠˋ

現代音

(六) 種　上古　ㄐㄧㄥˇ　栽種、種田ㄔㄢˊ　ㄓㄨㄥˋ
　　　　　　ㄐㄧㄥˋ　種子ㄐ一ˇ　ㄓㄨㄥˇ
　　　中古　ㄐㄧㄠˇ　種植ㄒ一ㄣ。　ㄓㄨㄥˋ
　　　　　　ㄐㄧㄠˇ　種物、種種　ㄓㄨㄥˇ

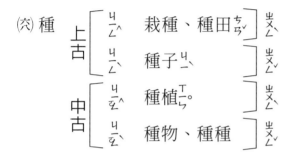

(六) 績　上古　ㄐㄧㄛ・　綿績、綿績被ㄆㄨㄟ　ㄐㄧ
　　　　　　ㄗㄜ・　綿績、柞ㄗㄜˋ績
　　　中古　ㄐㄧㄥ・　成績、績效

(七) 將　上古　ㄐㄧㄠ　將軍（泉）　ㄐㄧㄤ
　　　中古　ㄐㄧㄤ　將然，奉也、送也
　　　　　　ㄑㄧㄤ　將進酒，將、佩玉聲也，此指碰杯聲。
　　　　　　ㄐㄧㄤˋ　將帥、將指，中指也　ㄐㄧㄤ

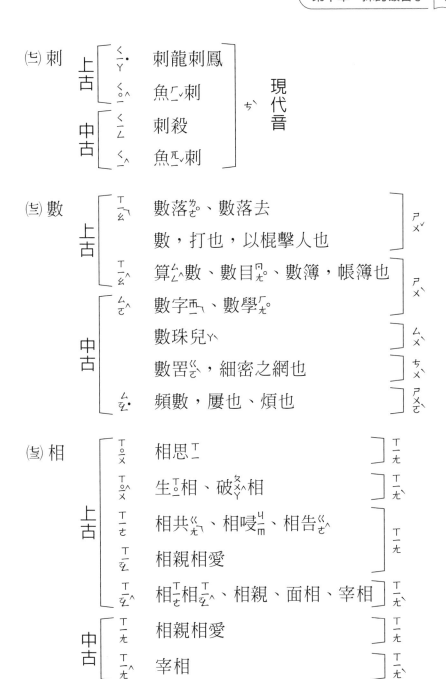

(圭) 刺

上古
　ㄑㄧㄚˋ・　刺龍刺鳳
　ㄑㄧㄛˋ　魚ㄘˋ刺

中古
　ㄑㄧㄥˋ　刺殺
　ㄑㄧˋ　魚ㄘˋ刺

現代音 ㄘˋ

(圭) 數

上古
　ㄒㄧㄠˊ　數落ㄌㄜˋ、數落去
　　　　　數，打也，以棍擊人也　ㄕㄨˇ
　ㄒㄧㄠˋ　算ㄙㄨˋ數、數目ㄇㄨˋ、數簿，帳簿也　ㄕㄨˋ

中古
　ㄙㄜˋ　數字ㄒㄧˋ、數學ㄒㄩㄝˊ　ㄕㄨˋ
　　　　數珠兒ㄦ　ㄙㄨˋ
　　　　數罟ㄍㄨˋ，細密之網也　ㄘㄨˋ
　ㄙㄠˋ・　頻數，屢也、煩也　ㄕㄨㄛˋ

(圭) 相

上古
　ㄒㄧㄡ　相思ㄙ　ㄒㄧㄤ
　ㄒㄧㄡˋ　生ㄕㄥ相、破ㄆㄚˋ相　ㄒㄧㄤ
　ㄒㄧㄤ　相共ㄍㄨㄥˋ、相唚ㄐㄩㄣ、相告ㄍㄠˋ　ㄒㄧㄤ
　ㄒㄧㄠ　相親相愛
　ㄒㄧㄠˋ　相ㄒㄧㄠ相ㄒㄧㄠˋ、相親、面相、宰相　ㄒㄧㄤ

中古
　ㄒㄧㄤ　相親相愛　ㄒㄧㄤ
　ㄒㄧㄤˋ　宰相　ㄒㄧㄤˋ

㈬ 先

上古
- ㄒㄧㄢ　先生˙
- ㄒㄧㄥ　先來、先走ㄗㄠˇ

中古
- ㄒㄧㄢ　先生ㄒㄧㄥ
- ㄒㄧㄢˋ　先前ㄐㄧㄢˊ，當後而前也

現代音　ㄒㄧㄢ／ㄒㄧㄢˋ

㈭ 宿

上古
- ㄒㄧㄥ˙　宿守、宿疾ㄐㄧˊ˙
- ㄙㄠ˙　宿舍

ㄙㄨˋ

中古
- ㄒㄧㄡ　一宿、整宿　ㄒㄧㄡˇ
- ㄒㄧㄡˋ　星宿　ㄒㄧㄡˋ

㈮ 助

上古
- ㄗㄢ　幫助、助聲、相ㄒㄧㄜ助

中古
- ㄗㄛ　助理、輔助

ㄓㄨˋ

㈯ 載

- ㄗㄞ˙　十ㄒㄧㄇ˙載，十年也　ㄗㄞˋ

中古
- ㄗㄞˋ　承載、載事
- ㄗㄞ　載運

ㄗㄞ

㈰ 射

上古
- ㄗㄜ˙　射箭　ㄕㄜˋ

中古
- ㄒㄧㄥ˙　射物，以弓射物　ㄕˋㄕㄜˋ
- ㄧㄥ˙　射物　ㄕㄜˋ
- 　射干，中藥名　ㄧㄝˋ
- ㄒㄧㄚ　射箭　ㄕㄜˋ

現代音

(元) 才
上古
- ㄘㄞ　才柱ㄊㄠ子ㄚˋ、才乎在ㄗㄞˋ、才乎正　→ ㄘㄞ
- ㄐㄚˊ·　到ㄍㄡˋ今ㄅㄥˋ你才知ㄗㄞˋ

中古
- ㄘㄞ　仝 „纔" 字　→ ㄘㄞˊ
- ㄗㄞˋ　人才、才能

(仝) 差
上古
- ㄘㄚ　爭差、相ㄒㄛ差、差錯　→ ㄔㄚ
- ㄘㄨㄛ　歪差、氣差差、差無ㄇㄛˊ多ㄚㄝˋ　→ ㄔㄚ
- ㄗㄨㄛ　使ㄅㄞˊ差、差使　→ ㄔㄞ

中古
- ㄘㄝ　差教ㄍㄚˋ、欽差　→ ㄔ
- ㄑㄧ　參ㄘㄚ差　→ ㄔ
- ㄘㄞ　出差、郵差　→ ㄔㄞ

(四) 穿
上古
- ㄘㄥ　穿線
- ㄑㄥ　穿衫

中古
- ㄘㄨㄢ　鑽ㄗㄨˋ穿　→ ㄔㄨㄢ
- ㄘㄨㄢ　穿衣、穿踰ㄒㄧˋ，穿越也

(三) 創
中古
- ㄘㄠˋ　創造，始也、創治，懲也　→ ㄔㄨㄤˋ
- ㄘㄠ　創傷　→ ㄔㄨㄤ

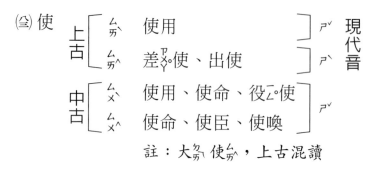

(土) 使

上古 ── ㄙˋ　使用 ──┐
　　　 ㄙㄞˇ　差ㄔㄞˋ使、出使 ──┐　ㄕˇ　現代音
中古 ── ㄙㄨˋ　使用、使命、役ㄧˋ使 ──┐
　　　 ㄙㄞˇ　使命、使臣、使喚 ──┘　ㄕˇ

註：大ㄉㄞˋ使ㄙㄞˇ，上古混讀

(齿) 吸

上古 ── ㄙㄨˊ·　吸管、吸奶
　　　 ㄙㄜˊ·　吸管、吸奶 ──┐ ㄒㄧ
中古 ── ㄎㄧˊ·（ㄏㄧˊ·）　呼吸 ──┘

(金) 帥

上古 ── ㄙㄨㄝˋ　元帥
中古 ── ㄙㄨㄟˋ　主帥、統帥 ──┐ ㄕㄨㄞ
　　　 ㄙㄨㄛˋ　帥（率）領 ──┘

(六) 殺

上古 ── ㄙㄨㄚˊ·　相ㄒㄧㄜ殺
　　　 ㄊㄞˇ　殺（刣）豬 ──┐ ㄕㄚ
中古 ── ㄙㄞˊ·　殺人 ──┐
　　　 ㄙㄞˋ　下殺 ──┘

(七) 喪

上古 ── ㄙㄥ　喪孝ㄏㄚˋ ──┐ ㄙㄤ
中古 ── ㄙㄛˊ　喪事
　　　 ㄙㄛˋ　喪命 ──┘ ㄙㄤ

(穴)　散　上古 ［ ㄙㄢˇ　散開ㄎㄞ ］ ㄙㄢˋ　現代音
　　　　　　［ ㄙㄢˋ　散步 ］
　　　中古 ［ ㄙㄢˋ　藥散 ］ ㄙㄢˇ

(允)　搓　上古 ［ ㄙㄨㄚ　搓，挪開也 ］ ㄘㄨㄛ
　　　中古 ［ ㄘㄛ　搓摩
　　　　　　ㄙㄛ　搓圓（丸）子 ］

(坐)　說　上古 ［ ㄙㄨㄝˋ　說話ㄨㄚˋ ］ ㄕㄨㄛ
　　　　　　［ ㄙㄨㄢˋ　解說、說明 ］
　　　中古 ［ ㄙㄨㄝˋ　遊說、說降ㄒㄧㄤˊ ］ ㄕㄨㄟˋ
　　　　　　［ ㄨㄢˋ　喜說（仝悅） ］ ㄩㄝˋ

(卆)　挨　上古 ［ ㄝ　挨推ㄊㄨㄟ，推拖也、挨捒ㄙㄨˋ，推送也。 ］ ㄞ
　　　中古 ［ ㄞ　挨打ㄉㄚˇ ］

(垒)　下
　　　上古 ［ ㄝˋ　下面ㄇㄧㄢˋ
　　　　　　ㄍㄝˋ　高ㄍㄠ下
　　　　　　ㄏㄚˋ　（泉）放ㄈㄤ下 ］ ㄒㄧㄚˋ
　　　中古 ［ ㄏㄛˋ　下乎好ㄏㄠˋ，放好、置好也
　　　　　　放ㄈㄤˋ下ㄏㄛˋ（ㄏㄚˋ），皆上古混讀。 ］

㈲ 廈
上古〔 ㄝ˙ 廈門
　　 ㄏㄚ˙ 廈門（泉）〕現代音 ㄒㄧㄚˋ
中古〔 ㄏㄝ˙ 大廈 〕

㈳ 會
上古〔 ㄝ˙ 會曉 ㄏㄠˋ
　　 ㄏㄝ˙ 會看ㄎㄨㄚˋ覓ㄇㄢˋ，討論看看也。
　　　　　會代誌，參詳事情也。
　　　　　會甚ㄒㄧㄚˋ麼ㄇㄜˋ，討論甚麼事。
中古〔 ㄏㄨㄝˋ 會面ㄇㄢˋ，會合ㄏㄚㆬˋ。〕 ㄏㄨㄟˋ

㈴ 益
上古〔 ㄧㄚ˙ 進益
　　 ㄧㄠ˙ 多ㄗㄝˋ益 〕ㄧˋ
中古〔 ㄧㄥ˙ 增益、利益 〕

㈵ 易
上古〔 ㄧㄚˋ 易經ㄍㄝˋ、易先生，姓也
　　 ㄧㄚˋ 奢ㄑㄧㄚˋ易
　　 ㄍㄝˋ 難ㄛ˙易、成ㄐㄧㄚˋ易，很容易也 〕ㄧˋ
中古〔 ㄧㄥˋ 變易、交易
　　 ㄧㆬˋ 容易 〕

㈶ 緩
上古〔 ㄨㄢˋ 緩緩兒ㄚˋ來 〕ㄏㄨㄢˇ
中古〔 ㄨㄢˋ 緩慢 〕

第十一章
合音、分音、連音與語尾音變調

㈠合音的轉化

甲、有字的多字合音

　　㈠ 俺ㄢˋ　我們ㄨㄛˋ ㄣ → ㄚˋ ㄣ 指「你和我」

　　㈡ 咱ㄉㄚˋ　你我們ㄌㄧˋ ㄨㄛˋ ㄣ → ㄉㄚˋ ㄣ 指「大家」

　　　　　（咱們）

　　　註：唸俺ㄚˋ、咱ㄗㄟ˙，則指我也。

　　㈢ 微ㄇㄞˊ　不愛ㄇㄟˊ ㄞˋ → ㄇㄞˊ，後起字：嬡

　　㈣ 未ㄇㄟˊ（ㄨㄟˊ）不會ㄇㄟˊ ㄝ → ㄇㄝˊ，後起字：繪

乙、無字的多字合音

　　㈠ 我們　ㄨㄛˋ ㄣ

㈡ 你們 ㄌㄣ

㈢ 他們 ㄌㄣ（他唸一）

㈣ 這一 ㄐㄣ˙（ㄗㄜ ㄌㄣ）個 ㄝˇ

㈤ 彼一 ㄏㄣ˙（ㄏㄚ ㄌㄣ）個 ㄝˇ

　　註：這ㄗㄜ是

　　　　彼ㄏㄚ→ㄏㄝ是

㈥ 甚人ㄒㄤ（ㄒㄚ ㄌㄤ→ㄒㄚ ㄤˇ→ㄒㄤ），指「誰」也。

　　註：我ㄨㄚ的音轉ㄨㄣ，指「自己」，後起代字：阮，

　　　　但音義不合，不妥。

㈡分音的轉化

甲、單字音分化

　㈠ 咻ㄏㄨ→ㄏㄨ→ㄒㄨ

　㈡ 喂ㄨㄟ→ㄨㄟ→ㄛㄝ

　　註：聲韻調會產生變化

乙、單字音分化成有字

茲→ㄗㄝ ㄚ 這兒

例如念ㄉㄧㄢ茲在ㄉㄟ茲ㄐㄚ

註：茲有「此」意，故中古音轉成在ㄞ此ㄨ，在字古音ㄞ（ㄉㄞ），有定點之意，今引申爲時間用詞：現ㄒㄧㄢ在ㄞ。

丙、原屬合音字的再分化

甭ㄇㄥ　　不用ㄇ ㄩㄥ→ㄇㄥ

（中古音）　ㄇㄥ→ㄇㄧ ㄥ→ㄇㄥ

再分化後轉成平聲，甭ㄇㄥ做，現代音，ㄅㄥ

註：甭ㄇㄞ（上古音）

(三) 連音的轉化

㈠ 不別ㄇ ㄅㄧㄢ → ㄇ ㄇㄧㄢ

㈡ 安怎ㄢ ㄗㄨㄥ → ㄢ ㄉㄨㄥ（ㄨㄚ）

㈢ 珊瑚ㄙㄨㄢ ㄏㄨㄛ → ㄙㄨㄢ ㄉㄨㄛ（ㄋㄛ）

㈣語尾音變調

㈠ 起來 ㄎㄧˋ ㄌㄞˇ → ㄎㄧㄣˋ ㄌㄞˆ ⇒ ㄎㄧㄞˆ → ㄎㄞˆ

　　註：轉合音，聲調唸 ㄎㄞˋˆ

㈡ 騙人 ㄆㄧㄢˆ ㄌㄤˇ → ㄆㄧㄢˆ ㄌㄤˆ

　　註：自然語音聲調的改變，若語音放緩、延長或停
　　　　頓時，則恢復本來聲調（本音）。

第十二章
詩詞吟唱中的古韻今聲

(一)上古時期

　　上古時期商、周（春秋、戰國）以至先秦，以中原河洛地區為中心，融合四方部落所形成的河洛話，是上古語的主流，稱之為上古音，今稱白話音或白音。

　　詩經、諸子百家以至於離騷、楚辭，屬於上古音的範疇。在吟讀上，以上古音為主，在現代實際運用上，或可文白混讀。

　　例如：詩經小雅・鹿鳴第七

采ㄘㄞˇ薇ㄇㄟˊ

昔ㄒㄧ˙我ㄛˇ往ㄨㄛˇ矣ㄧˋ，楊ㄧㄤˊ柳ㄌㄧㄡˇ依ㄧ依ㄧ。

今ㄍㄧㄣ我ㄛˇ來ㄌㄞˊ思ㄒㄧ，雨ㄨˋ雪ㄙㄟˋ霏ㄏㄨㄟ霏ㄏㄨㄟ。

行ㄏㄤˊ道ㄉㄛˋ遲ㄉㄧˊ遲ㄉㄧˊ，載ㄗㄞˇ渴ㄎㄜˋ載ㄗㄞˇ飢ㄍㄧ。

我ㄛˇ心ㄒㄧㄇ傷ㄒㄧㄤ悲ㄅㄟ，莫ㄇㄛˋ知ㄉㄧ我ㄛˇ哀ㄞ（ㄚ）。

㈡ 中古時期

　　自秦朝統一後，經漢朝以至唐朝為中古時期。語言稱之為中古音，今稱讀書音、文讀音或文音。秦朝統一度量衡、書同文、車同軌，在漢代得到進一步發展。中古前期，從秦漢至魏晉南北朝，中古後期，隋唐至五代十國，以唐朝為主要代表。

　　語言文字的統一，在古代推展上是緩慢的，故在漢樂府詩、古體詩的表現上，上古音與中古音有混用現象。在吟讀上，則是文白混讀，尤其是針對有押韻處。以古樂府詩為例：

木ㄇㄨˋ蘭ㄌㄢˊ辭ㄙˊ

衛敬瑜妻・王氏

古樂府詩節錄

唧ㄐㄧ唧ㄐㄧ復ㄈㄨˋ唧ㄐㄧ唧ㄐㄧ，木ㄇㄨˋ蘭ㄌㄢˊ當ㄉㄤ戶ㄏㄨˋ織ㄐㄧ。
不ㄅㄨˋ聞ㄨㄣˊ機ㄐㄧ杼ㄊㄨˋ聲ㄒㄧㄥ，惟ㄨㄟˊ聞ㄨㄣˊ女ㄌㄨˋ嘆ㄊㄢˋ息ㄒㄧ。
問ㄇㄣˋ女ㄌㄨˋ何ㄏㄜˊ所ㄙㄜˋ思ㄒㄧ，問ㄇㄣˋ女ㄌㄨˋ何ㄏㄜˊ所ㄙㄜˋ憶ㄛˋ。
女ㄌㄨˋ亦ㄛˋ無ㄇㄨˊ所ㄙㄜˋ思ㄒㄧ，女ㄌㄨˋ亦ㄛˋ無ㄇㄨˊ所ㄙㄜˋ憶ㄛˋ。

　　唐朝近體詩大為盛行，凡五言絕句、五言律詩、七言絕句、七言律詩，大都以中古音為主。吟讀亦然。例如：

下江陵

李白詩

朝辭白帝彩雲間，

千里江陵一日還。

兩岸猿聲啼不住，

輕舟已過萬重山。

蜀相

杜甫詩

丞相祠堂何處尋，

錦官城外柏森森。

映堦碧草自春色，

隔葉黃鸝空好音。

三顧頻煩天下計，

兩朝開濟老臣心。

出師未捷身先死，

長使英雄淚滿襟。

註：下（ㄒㄧㄚˋ）

但也有少數例外。如杜牧的「泊秦淮」爲文白混讀。

泊秦淮

杜牧詩

煙籠寒水月籠沙（ㄉㄚ），
夜泊秦淮近酒家（ㄍㄚ）。
商女不知亡國恨，
隔江猶唱後庭花（ㄏㄨㄚ）。

㈢ 近古時期

自宋以後，以至元明，爲近古時期，以宋朝爲代表。宋詞的出現，使中國文學再現高峰，除了長短句及押韻的變化外，在語言的運用上，也出現上古音、中古音混用現象，再加上語言過度期出現的近古音加以融合，更顯得五彩繽紛。

故在吟讀上，尤其是韻腳，可以文白互參，或以現代音朗讀。宋詞的吟讀（甲）以中古音爲主，上古音及近古音互參。（乙）以現代音朗讀。

以中古音參酌吟讀為例：如聲聲慢

聲聲慢

李清照詞

尋尋覓覓。冷冷清清。

悽悽慘慘戚戚。

乍暖還寒時候，最難將息。

三杯兩盞淡酒，

怎敵他，晚來風急。

雁過也，正傷心。

卻是舊時相識。

滿地黃花堆積。

憔悴損，如今有誰（堪）摘。

守著（ㄓㄜ）窗兒，獨自怎生得黑。

梧桐更兼細雨，到黃昏，

點點滴滴。

這次第，怎一個愁字了得。

以現代音朗讀爲例：如相見歡

相見歡

李煜詞

無言獨上西樓，月如鉤。
寂寞梧桐深院，鎖清秋。
剪不斷、理還亂，是離愁。
別是一番滋味，在心頭。

又如浪淘沙：簾外雨潺潺……

　　虞美人：春花秋月何時了……

用現代音來朗讀也很適合。

㈣ 現代

自明朝中葉以後，中古漢音的聲韻調發展成現代漢音的聲韻調，大致已發展完成。

清前期曾有一段詞的復興期，諸如明末陳子龍，清初朱彝尊、納蘭性德等著名詞人。清代詩詞一般以現代音吟讀，少數參酌中古音。清前期以詞論詞也很興盛，以韻文形式來表達詞學思想或詞學批評。很有趣的現象是，論詞長短句中的詞調押韻，亦是上古音、中古音夾雜。例如：王昶的「三姝媚」詞調云：

三姝誰得「似」。想風月湖山，深閨連「理」。

滴粉搓酥，向西泠並作，掃眉才「子」。

減字偷聲，近稍播，茶檣酒「市」。

豈料前生，五角六張，紅絲誤「繫」。

常向蓬窗憔「悴」。羨徐俳多情，秦嘉土「計」。

詠雪中庭，又孤鸞獨舞，季蘭小「妹」。

鏡約荒涼，只恐老，青裙縞「袂」。

應付蜀鵑訴怨，夜唬清「淚」。

	上古音	中古音	現代音
似	ㄙㄨˊ ⟶	(ㄒㄧˇ) ⟶	ㄙˋ
理		(ㄌㄧˇ) ⟶	(ㄌㄧˇ)
子	(ㄐㄧˇ) ⟶	ㄗㄨˇ ⟶	ㄗˇ
市		(ㄑㄧˇ) ⟶	ㄕˋ
繫		ㄏㄝˊ ⟶	(ㄒㄧˋ) ㄐㄧˋ
悴		(ㄗㄨㄟˊ) ⟶	(ㄘㄨㄟˋ) ㄘㄨㄟˋ
計		ㄍㄝˋ ⟶	(ㄐㄧˋ)
妹	ㄇㄛㄞˋ ⟶	ㄇㄨㄝˋ ⟶	(ㄇㄟˋ) ㄇㄝˋ
袂		ㄇㄩㄝˋ ⟶	(ㄇㄟˋ) ㄇㄝˋ
淚		(ㄌㄨㄟˋ) ⟶	(ㄌㄟˋ) ㄌㄝˋ

現代新詩，當然全以現代漢音（國語、華語）來吟讀或朗誦。舉余光中「鄉愁」為例、以國語音標注音：

小時候。

鄉愁是一枚小小的郵票，

我在這頭，母親在那頭。

長大後。

鄉愁是一張窄窄的船票。

我在這頭，新娘在那頭。

後來啊，

鄉愁是一方矮矮的墳墓，

我在外頭，母親在裡頭。

而現在，

鄉愁是一灣淺淺的海峽，

我在這頭，大陸在那頭。

以下列一個表，以茲對照。

				（運用上）
上古時期	詩經、楚辭	上古音	白音	文音+白音
中古時期	漢樂府詩（古體詩）	上古音、中古音混用	白音、文音	
	唐詩（近體詩）	中古音為主	文音	文音
近古時期	宋詞（長短句）	上古音、中古音、近古音混用	文音、白音（+）	文音+白音（+）或現代漢音
現代	現代詩（新詩）	現代漢音	國語（華語）	現代漢音

第十三章
單字音探討

	上古音	中古音	現代音
(一) 逐	ㄉㄤ。 逐件、逐個、逐日、逐步	ㄉㄛ。 追逐、放逐、驅逐	ㄓㄨ
	ㄒㄛ· 逐來逐去（十五音）追也。	ㄒㄨ· 逐著ㄉㄛ·，追到也。	ㄓㄨ

註：趄 ㄒㄨ·（彙音），追也。

	上古音	中古音	現代音
(二) 椎 ㄊㄨㄟˇ	椎，擊物器也，引申為鈍也。椎椎，愚也、挫也。（引申義）	ㄊㄨㄟˇ 當名詞用	ㄔㄨㄟˊ
		ㄗㄨㄟ 當動詞用，搗也	ㄓㄨㄟ

註：槌　木槌、棒槌，與椎字音義相同。

ㄊㄨㄟˇ → ㄊㄨㄟˇ → ㄔㄨㄟˊ

鎚　鐵鎚，今稱榔頭，音同。

	上古音	中古音	現代音
(三) 嚌	ㄐㄧˊ 嚐也	ㄗㄟ	ㄐㄧˋ、ㄐㄧㄝˊ
	ㄗㄞˊ 眾聲之貌	ㄗㄝˊ	
舓	ㄐㄧˊ 舓、舐、舚全，以舌頭取物也。	ㄐㄧ	ㄕ

註：以舌頭滑過，以取物。

		上古音	中古音	現代音
（四）	噎 ㄚㄝ·	噎一下（十五音），嚐也 噎噎叫，引申大喝也	ㄅㄚㄝ。 噎一下，飲也	ㄊㄝ·（從口，罙聲）
	䑤（舓）		ㄅㄚㄝ 䑤一下，吐舌貌 註：以舌頭點過，以取物。	ㄅㄢ
	湛		ㄅㄚㄝ 湛藥，嚐也	ㄅㄢ
			ㄅㄚㄝ 湛湛，水溼也	ㄔㄣˊ
			ㄅㄞㄇ 湛水，沈也	ㄓㄣ
	呫（啑）		ㄗㄚㄝ· 呫，魚食入口也	ㄗㄚ
（五）	厭 ㄧㄚㄇ	厭起來，掩藏也	ㄧㄚㄇ 厭厭夜飲，安也、久也。厭厭其苗，勢盛貌。	ㄧㄢ
			ㄧㄚㄇ 厭足、厭棄 註：仝饜，飽也、足也，音同。	ㄧㄢ
			ㄧㄚˊ 討厭 厭煩（仝懨）	ㄧㄢ
			ㄧㄚㄇ· 厭霸、壓迫、厭服，服也、順從貌，仝壓	ㄧㄚ
	擪（撒）		ㄧㄚㄇ· 擪住，指按也	ㄧㄝ
	掩（揜） ㄧㄚㄇ·	上古音用法，仝厭。	ㄧㄚㄇ 遮掩，遮蓋也、閉也	ㄧㄢ
	匎 ㄧㄚㄇ·	遮掩也，音義仝掩。		

	上古音	中古音	現代音
(六) 糜 ㄇㄨˇㄞ	食糜，粥也	ㄇㄧˊ	ㄇㄧ
	ㄇㄨㄟ		ㄇㄨㄟˋ (ㄇㄛˊ)	ㄇㄧ
	ㄇㄨˋㄞ		ㄇㄧ	ㄇㄧ
粥 ㄇㄨˇㄞ	仝糜	ㄐㄧㄡˋ	糜ㄇㄧ粥，稀飯也	ㄓㄡ
			粥粥㈠柔弱貌	ㄓㄨ
			㈡雞群呼聲	
			ㄩˋ	粥養，仝鬻。	ㄩ
			養也、教也、賣也。	

(七) 站 ㄅㄧㄝ (占、店)	站在ㄅㄟ茲ㄐㄧ，住在這兒。立也、停留、住也。	ㄗㄢˋ	車站	ㄓㄢ
企 ㄎㄧㄚ	企在茲，住在這兒。立也。企台，站台也。	ㄎㄧˋ	企業	ㄑㄧ
ㄉㄧㄝ (ㄌㄧˋ)	(ㄌㄧˋ) 企腳ㄎㄧˇ，舉踵也。企腳尾	ㄎㄧˋ	企而望歸	ㄑㄧ
帶 ㄅㄨㄚ	帶在茲，住在這兒。衣帶 帶肚子ㄚ ㈠謂懷孕也。 ㈡昔稱金予外任官，而隨往住所，充幕賓或僕人，以勢牟利也。有隨而居住之義。	ㄅㄞ	佩帶、帶領	ㄅㄞ

上古音	中古音	現代音

(八) 溺
(水入)

溺氣，憋氣也
溺到無氣

放溺，全尿

沉 溺
溺水

放 溺

灑泡
溺，小
便也

(九) 踹 臥也，和衣坐臥
也。踹 在 土
腳，坐臥在地上
也。

(十) 卵

卵核、虎卵
雞卵、卵仁，蛋黃
也。

鴨 卵

蛋

忿憚（蛋）（惰）

㈠忿憚（蛋）→渾
蛋、笨蛋

㈡忿惰→貧 惰

㈢忿惰兼賸 懶

㈣懶惰 →

雞蛋、鴨蛋（全卵）

皮蛋、巨蛋

分 → →
忿 → →
憚（蛋） → →
惰 → →

	上古音	中古音	現代音
(圭) 泔 (澄)	泔ㄍㄢ　泔糜，飯清也。 泔杓ㄒㄧㄚ。子ㄚ	ㄍㄨㄛ　米泔，洗米水也。	ㄍㄢ
糟 (潘)	糟ㄆㄨㄢ　米糟，洗米汁也。糟泔、豬糟	ㄏㄨㄢ	ㄆㄢ

註：潘ㄆㄨㄢ→ㄆㄨㄢ（ㄏㄨㄢ）→ㄆㄢ浙米汁也、姓也。

| (圭)
牖 | 牖ㄨ（ㄛˋ）在墙上日牖，窗也。
牖民，開通民智也。（見詩經） | ㄨ　窗ㄊㄡ牖　牖民 | ㄧㄡˇ |
| 牕 | 牕ㄊㄤ　在壁上日牕（窻、窓、窗）牕子ㄚㄟ門，窗戶也 | ㄊㄤ　牕（窗）戶 | ㄔㄨㄤ |

| (圭)
嬭 | 嬭ㄋㄧ（ㄋㄥ）嬭子ㄚ，乳房也。吸ㄆㄟˋ嬭子。 | 吸ㄎㄇ嬭子（ㄉㄝ）
吸嬭子（ㄉㄞ） | ㄋㄞˇ |

註：潼ㄉㄥ，乳汁也。　　　　　註：嬣ㄉㄝ，乳汁也

| 奶 | 奶ㄋㄝ　奶奶，祖母也、母呼其母也 | ㄋㄞ　奶奶 | ㄋㄞˇ　奶奶
吸奶
牛奶 |
| 乳 | 乳ㄌㄥ　乳汁，嬭中汁也、育也。 | ㄖㄨ（ㄖㄨˇ）乳汁 | ㄖㄨˋ　牛乳
乳汁 |

	上古音	中古音	現代音
(十四) 好	ㄏㄜˋ 好，允也	ㄏㄠˋ 好事	ㄏㄠˋ
	ㄏㄜˇ 好，愛也	ㄏㄠˋ 愛好	ㄏㄠˇ
	ㄏㄥˊ 成ㄐㄧㄚ好，悅也	ㄏㄥˊ	ㄒㄧㄥˊ
	全興、嫐、憪		
(十五) 閒	ㄒㄧㄢˊ(ㄢˊ) 清閒、閒事、閒話	ㄒㄧㄢˊ 閒暇	ㄒㄧㄢˊ
	ㄍㄞ 全閒	ㄍㄢ 空閒	ㄐㄧㄢ
		ㄍㄢˋ 閒隙ㄒㄧ·	ㄐㄧㄢˋ

註：空隙ㄎㄤㄎㄚ· → ㄎㄜㄎㄥ· → ㄎㄨㄥ ㄒㄧˋ

	上古音	中古音	現代音
閑	ㄒㄧㄢˊ(ㄢˊ) 全閒	ㄒㄧㄢˊ 閑靜、閑居ㄍㄨ 閑暇	ㄒㄧㄢˊ
間	ㄍㄥ(ㄍㄞ) 浴間	ㄍㄢ 時間、中間	ㄐㄧㄢ
		ㄍㄢˋ 離間	ㄐㄧㄢˋㄊㄤ
(十六) 澡	ㄉㄥˇ 洗澡 即洗身ㄒㄧㄥ軀ㄎㄨ，洗澡也。	ㄊㄤˇ	ㄊㄤ
燙	ㄊㄥˋ 燒燙燙、燙著ㄉㄧㄛ·	ㄉㄥˋ 燙傷	ㄊㄤ
煬	ㄊㄥˋ 煬菜、冷菜溫熱也。		(ㄊㄤ)

	上古音	中古音	現代音
(七) 吸	ㄙ˙（ㄙˇ）吸管、吸乳	ㄎㄧㄇ˙（ㄏㄧㄇ˙）呼吸	ㄒㄧ ㄐㄧ
汲	ㄑㄧㄨ˙ 汲水	ㄎㄧㄇ˙ 汲汲	
(八) 薼	ㄅㄚˇ 薼牢牢，護也		（ㄚˊ）
攬	ㄍㄨㄚˇ 攬攬做伙，撮持也。	仝攬 ㄌㄚㄇˇ 攬牢牢 攬攬做伙	ㄌㄢˇ
(九) 簇		ㄘㄛ˙ 箭簇，箭頭也、利也	ㄘㄨˊ
		註：箭ㄐㄧㄢˇ→ㄐㄧㄢˇ→ㄐㄧㄢˋ	
		ㄘㄛ˙ 一簇，叢聚也	ㄘㄨˋㄘㄨㄛˋ
撮	ㄘㄛ˙ 一撮，一把也。	ㄘㄨㄢ˙	
	註：一搣ㄇㄝ（ㄇㄧˊ），一把也。以手取物曰搣。搣一把沙子。		
(十) 摺	ㄐㄧ˙ 奏摺、摺紙，折疊也、推也。	ㄌㄚㄇˇ	ㄓㄜˊ
折	ㄇㄧㄢˊ 折花、折枝，斷也、拗曲也。	ㄐㄧㄢ˙ 折斷	ㄓㄜˊ

	上古音	中古音	現代音
(三) 放	ㄅㄤˋ 放尿，小便也	ㄈㄤˋ	ㄈㄤ
溉	ㄙㄨㄟ（ㄘㄨㄟ）溉尿，水落也、夜尿、夢中遺尿也。	ㄨㄚˋ	ㄨㄚ（ㄨㄚ）
浤（漩）		ㄙㄩㄢˊ 浤尿，水漩也	ㄒㄩㄢ
疶（泄）	ㄘㄨㄚ˙（ㄘㄨㄢ˙）疶尿、疶屎，泄也、驚而泄也。（泄）	ㄒㄧㄢˋ／ㄧˋ	ㄒㄧㄝ／ㄧ
淁	ㄗㄝ˙（ㄒㄧㄚˋ）淁ㄗㄝ˙水，水將出也。淁ㄒㄧㄚˋ尿，漏尿也		ㄐㄧㄝ（ㄒㄧㄢ）
(三) 紩	ㄊㄧˋ 紩衫，縫也	ㄅㄧㄢˋ	ㄓˋ
緶	ㄊㄧˋ 刺緶，針縫也	ㄅㄧ	ㄓˋ
綻		ㄅㄢˋ（ㄔㄢˋ）衣縫也、解也	ㄓㄢˋ
(三) 拼	ㄅㄧㄚˋ（ㄅㄝ）拼掃、拼命	ㄅㄧㄥ	ㄆㄢ（ㄆㄚ）（ㄆㄧㄣ）
摒	ㄆㄝˋ 摒除	ㄆㄧㄥ	ㄅㄧㄥ

	上古音	中古音	現代音
(廿四) 丟	ㄉㄧ°ㄚ 丟掉（十五音） ㄏㄧㄢˇ・ 丟掉	ㄉㄧㄨ	ㄉㄧㄡ
擲	ㄉㄢˆ（ㄅㄧㄇˆ）擲掉	ㄅㄧㄥ・	ㄓˊ
(廿五) 爀	ㄅㄧㄇ 爀雞，燉雞也	ㄒㄧㄇ	ㄒㄧㄣ
㷫		ㄅㄧㄇ 㷫肉，煮水燉物也。	ㄓㄣˇ
(廿六) 鋝	ㄊㄨˋ・（ㄊㄨㄣˋ・）鋝草，斬草也、刀割草也。	ㄉㄨㄟ	ㄓㄨㄟˋ
鏺		ㄊㄨㄢˋ・ 鏺草，割也	ㄆㄛˋ
(廿七) 吲	ㄑㄧㄣˊ 仝哂，笑也 ㄒㄧ°ㄚ 吲人食，引誘也	ㄒㄧㄇ （ㄧㄣˇ）	ㄕㄣˇ （ㄧㄣˇ）
訝	ㄜㄝ° 嘲笑也	ㄜㄝˆ	ㄧㄚˋ

	上古音	中古音	現代音
(元) 嚇	(ㄏㄜˋ)（ㄛˋ）嚇（ㄏㄜˋ）驚、嚇（ㄏㄛˋ）醒，驚也、怒也。(ㄏㄢˋ)（ㄏㄚˋ）（ㄏㄛˋ）恐嚇（ㄏㄢˋ）、嚇（ㄏㄚˋ）聲、嚇（ㄏㄚˋ）人，恐也。	（ㄏㄜˋ） （ㄏㄚ̌）	ㄒㄧㄚˋ ㄏㄜˋ ㄒㄧㄚˋ
訾 ㄘㄜˇ	訾來訾去，截長補短、概相觝（抵）也。	ㄘㄨ 量也 ㄐㄧ 謗毀也、苟且懶惰也。	ㄗˇ ㄗˇ
(元) 轉 ㄉㄥˋ	轉來轉去、輾（ㄉㄧㄢˋ）轉	ㄉㄢˋ ㄓㄨㄢ̌ 輪（ㄌㄨㄣˊ）轉	ㄓㄨㄢˋ
返 ㄉㄥˋ（ㄉㄧㄢˋ）	返來（ㄉㄢ̌）（語尾音變調）返輾（ㄊㄜ̊）回轉也返頭（ㄊㄠˊ）返環（ㄏㄨㄢˋ）頭（ㄊㄠˊ）（輾頭、環頭、輾環頭、輾倒返，以上皆為常用詞、義同）	ㄏㄨㄢˋ 返回，還也、回轉也	ㄈㄢˇ

註①輾，旋轉也，ㄊㄜˊ→ㄒㄢˊ。→ㄓㄢˇ
環，回繞也。

②趖，中古音ㄙㄨㄢˋ→ㄒㄩㄝˊ旋倒也，音義不合。
躩，中古音 ㄒㄧㄥˊ→ㄒㄧㄝˋ 旋行也，義合、音不合。 ㄙㄨㄚ→ㄙㄨㄚˊ

附一：上古、中古、現代漢音舉例，依聲母、韻母排列

ㄅ

富　ㄅㄨˋ → ㄏㄨˋ → ㄈㄨˋ

瓠　ㄅㄨˊ → ㄏㄛˇ → ㄏㄨˊ

匏　ㄅㄨˊ → ㄅㄠˊ → ㄆㄠˊ

刨　ㄅㄨˊ → ㄅㄠˊ → ㄆㄠˊ

別　ㄅㄢ˙ ㄅㄢ˙ → ㄅㄢ˙ ㄅㄢ˙ → ㄅㄝˊ

搬　ㄅㄨㄚ → ㄅㄨㄢˇ → ㄅㄢ

跋　ㄅㄨㄚ˙ → ㄅㄨㄢ˙ → ㄅㄚˊ

呭　ㄅㄝ → ㄅㄚ → ㄅㄚˇ
　　歠也，呭飯

挀（擺）ㄅㄨㄝ˙ → ㄅㄞˇ → ㄅㄞˇ
　　手撥開也

撇　ㄅㄧ˙ → ㄆㄢˇ → ㄆㄝˇ（ㄆㄝ）

方　ㄅㄥ（ㄈㄥ）→ ㄏㄤˇ → ㄈㄤ

蹣　ㄅㄨㄢˇ → ㄅㄨㄢˇ → ㄆㄢˇ
　　腳蹣

蹣　ㄅㄨㄚˇ → ㄅㄨㄢ → ㄆㄢˇ
　　蹣山過海

苞　ㄅㄛ → ㄅㄠ → ㄅㄠ
　　花苞

馮　┌ ㄅㄤ → ㄅㄠˇ → ㄈㄥˊ
　　└ ㄅㄤˇ → ㄅㄥˊ → ㄆㄥˊ

瓶　ㄅㄢˊ → ㄅㄧㄥˊ → ㄆㄧㄥˊ

鉢　ㄅㄨ˙ → ㄅㄨㄢ˙ → ㄅㄛ

壁　ㄅㄧ˙ → ㄅㄧㄥ˙ （ㄆㄧㄥ˙）→ ㄅㄧˋ

辮　ㄅㄧ → ㄅㄧㄢ → ㄅㄧㄢ

擘（擗）ㄅㄝ˙ → ㄆㄧ˙ → ㄅㄛˇ
　　擘開

餅　ㄅㄧㄚˇ → ㄅㄧㄥ → ㄅㄧㄥ

北　ㄅㄤ˙ → ㄅㄛˇ → ㄅㄧㄥ˙ → ㄅㄟˇ
　　　　（近古音）

脖　ㄅㄧˊ → ㄆㄠ → ㄅㄠ

分　ㄅㄨ → ㄏㄨ → ㄈㄣ

ㄆ

肏（肶）ㄆ˙ → ㄆㄣˊ → ㄆㄧˋ

曝 ㄆㄤˋ → ㄆㄤ。→ ㄆㄨˋ

拍 ㄆㄚˋ → ㄆㄧㄥˋ → ㄆㄞˋ

扑（撲）ㄆㄚˋ → ㄆㄛ˙ → ㄆㄨˋ

吹 ㄆㄨ˙（ㄘㄨㄟ）→ ㄔㄨㄟ → ㄔㄨㄟˊ

粃 ㄆㄟˊ → ㄅㄟˋ → ㄅㄧˋ

　不成穀也

帕 ㄆㄝˊ → ㄆㄚˊ → ㄆㄚˋ

　手帕

怕 ㄆㄝˋ → ㄆㄚˋ → ㄆㄚˋ

　怕怕喘；畏懼也

避 ㄆㄚ˙ → ㄅㄟ → ㄅㄧˋ

烊 ㄆㄤ。→ ㄆㄤˋ → ㄆㄤˊ

　火聲也

拔 ㄆㄨㄚ。→ ㄅㄨㄚ。→ ㄅㄚˊ

　拔桶、拔肩ㄍㄥ、拔巾

凸 ㄆㄛ。→ ㄅㄨ。→ ㄊㄚ

標 ㄆㄛ → ㄆㄠ → ㄅㄠ

萍 ㄆㄛˇ → ㄆㄥˊ → ㄆㄥˊ

胞 ㄆㄚ → ㄆㄠ → ㄅㄠ

　卵ㄌㄢ 胞

葡 ㄆㄛ → ㄅㄛ → ㄆㄨˊ

酼 ㄆㄝ → ㄆㄨㄝ →（ㄅㄣˋ）

　　　　　ㄒㄧ → ㄕ

　嘴ㄘㄨˋ 酼

墳（坟）ㄆㄨㄣ → ㄨㄣˊ → ㄈㄣˊ

噴（歕）ㄆㄨ → ㄆㄨㄣˋ（ㄨㄣ）→ ㄆㄣ

片 ㄆㄧˋ → ㄆㄢˋ → ㄆㄢˋ

ㄇ

肉 ㄇㄚ· → ㄇㄛ → ㄖㄡ
（ㄚ元音轉複韻附聲隨韻，如ㄛ、ㄡ等）

晚 ㄇㄥ → ㄇㄨㄢ → ㄨㄢ

蚊 ㄇㄤ → ㄇㄨㄣ → ㄨㄣ

蓬 ㄇㄨㄚ → ㄅㄥㄚ → ㄅㄥㄚ
厚蓬，菜也、今稱加末

挽 ㄇㄢ → ㄇㄨㄣ → ㄨㄢ

甬 ㄇㄞ → ㄇㄥ → ㄥ

微 ㄇㄞ → ㄇㄧ → ㄨㄟ

容 ㄇㄥ → ㄎㄚ· → ㄎㄛ

鶩 ㄇㄛ → ㄇㄨ → ㄨ

醵 ㄇㄚㄇ → ㄏㄧㄇ → ㄒㄧㄢ
辛味也，臭醵 ㄏㄧㄚㄇ

尾 ㄇㄨㄝ → ㄇㄧ → ㄧ（ㄨㄟ）

螃 ㄇㄛ → ㄅㄛ → ㄆㄤ
螃蟹 ㄇㄝ

廟（庙）ㄇㄤ → ㄇㄟ → ㄇㄠ

篾 ㄇㄧ → ㄇㄧㄢ → ㄇㄧ
剖竹為篾，長竹片也。
竹篾子ㄚ

毛 ㄇㄥ → ㄇㄛ → ㄇㄠ

饅 ㄇㄨㄣ（ㄇㄢ）→ ㄇㄨㄣ → ㄇㄢ

蜢 ㄇㄝ → ㄇㄧ → ㄇㄥ
草蜢子ㄚ，蚱蜢也。

瞞 ㄇㄨㄚ → ㄇㄨㄚ → ㄇㄢ

目 ㄇㄤ → ㄇㄛ → ㄇㄨ

木 ㄇㄤ → ㄇㄛ → ㄇㄨ

魅 ㄇㄨㄟ → ㄇㄟ → ㄇㄟ

帽 ㄇㄟ → ㄇㄟ → ㄇㄠ

勹

碃　ㄅㄝ· → ㄅㄥ· → ㄅㄧˋ
　　碃地，鎮也、以石壓著。

啄　ㄅㄝ· → ㄅㄛ· → ㄓㄨㄛˊ

淀　ㄅㄧˇ → ㄅㄢ → ㄅㄢˋ
　　水滿也。

鼎　ㄅㄧㄚˇ → ㄅㄥˇ → ㄅㄥˇ

戴　ㄅㄝˋ（ㄅㄧˋ）→ ㄅㄞˋ → ㄅㄞˋ

嘀　ㄅㄠˋ → ㄅㄥˋ（ㄐㄥˋ）→ ㄚㄛˊ
　　竹聲也。

嚁　ㄅㄠˇ → ㄅㄠˇ → ㄅㄧˊ
　　嚁嚁叫，折聲也。

糴　ㄅㄧㄚˇ → ㄅㄥˇ → ㄅㄧˊ
　　買米也。

塊　ㄅㄝˋ（ㄎㄨㄝˋ）→ ㄎㄨㄞˋ → ㄎㄨㄞˋ

扡　ㄅㄨˋ（ㄅㄛˋ）→ ㄅㄛˋ → ㄊㄨㄛˊ
　　扡出來，牽引也。

擔（櫼）
　　ㄅㄚˇ → ㄅㄚㄇˇ → ㄅㄢˇ
　　ㄅㄚˇ → ㄅㄚㄇˋ → ㄅㄢˇ

抐　ㄅㄝˇ → ㄅㄥˇ → ㄅㄥˇ
　　抐乳

獨　ㄅㄤˇ → ㄅㄛˇ → ㄅㄨˊ
　　孤獨

觸　ㄅㄤ· → ㄑㄛ· → ㄔㄨˊ
　　相ㄒㄧㄤ觸、觸舌

鄭　ㄅㄝˇ（ㄅㄧˇ）→ ㄅㄥˇ → ㄓㄥˋ

擲　ㄅㄢˇ（ㄅㄇˇ）→ ㄅㄥˇ → ㄓㄥˊ
　　拋也。

潮　ㄅㄛˇ（ㄊㄛˇ）→ ㄅㄠˇ → ㄔㄠˊ

程　ㄅㄚˇ（ㄊㄚˇ）→ ㄊㄥˇ → ㄔㄥˊ

遇　ㄅㄥˇ（ㄅㄥ）→ ㄤㄨˇ（ㄤㄧ）→ ㄩˋ
　　相ㄒㄧㄤ遇

壇　ㄅㄨˇ → ㄅㄢˇ → ㄊㄢˇ

斷　ㄅㄥ → ㄅㄨㄢˇ → ㄅㄨㄢˋ

纏　ㄅㄧˇ → ㄅㄧˇ → ㄔㄢˊ

動　ㄅㄤˇ → ㄅㄠˇ → ㄅㄨㄥˋ

蟄　ㄅㄧˇ → ㄐㄇ· → ㄓˊ
　　驚蟄

踏　ㄅㄚˇ → ㄅㄚㄇˇ → ㄊㄚˋ

摘　ㄅㄚ· → ㄅㄧ· → ㄅㄢ· → ㄓㄞ
　　（近古音）

稻　ㄉㄨㄟ → ㄉㄛ → ㄉㄠˊ

沈　ㄉㄧㄚˇ ⟶ ㄉㄇㄧ → ㄔㄣˊ

　　　　　 ⟶ ㄒㄇㄧ → ㄕㄣˇ

同　ㄉㄤˊ → ㄉㄛˊ → ㄊㄨㄥˊ

篤　ㄉㄤ· → ㄉㄛˊ· → ㄉㄨˊ

竹　ㄉㄥˊ· → ㄉㄛˊ· → ㄓㄨˊ

廚　ㄉㄛˊ → ㄉㄨˊ → ㄔㄨˊ

棡　ㄉㄠˊ → ㄉㄨˊ → ㄔㄡˊ

　　牛ㄡˇ棡

值　ㄉㄢ。 → ㄉㄣ。 → ㄓ

　　不ㄇㄧ值

脰　ㄉㄠˊ → ㄉㄛㄟ → ㄉㄡˊ

　　頸也，吊脰

筒　ㄉㄤˊ → ㄉㄛˊ → ㄊㄨㄥˊ

ㄊ

挺　ㄊㄧㄚ˚ → ㄊㄧㄥ → ㄊㄧㄥˊ

塵　ㄊㄨㄣˊ → ㄅㄧㄣˊ → ㄔㄧㄣˊ

拖　ㄊㄨㄚ → ㄊㄛ → ㄊㄨㄛ

奓　ㄊㄧㄚ˪ → ㄊㄧㄝ（ㄏㄞ） → ㄓㄚ

　　張開也

讀　ㄊㄤ˚ → ㄊㄛˇ → ㄅㄨˊ

　　　讀冊 ㄘㄝ·

　　ㄅㄠˊ → ㄅㄛˋ → ㄅㄡˋ

　　句讀

糶　ㄊㄧㄛ˪ → ㄊㄧㄠ˪ → ㄊㄧㄠ

　　賣米也。

撐　ㄊㄧㄝ˪（ㄊㄧㄥ˪）ㄊㄧㄝ˪ → ㄊㄧㄥ → ㄔㄥ

摚　ㄊㄧㄝ˚ → ㄊㄛ → ㄔㄥ

頭　ㄊㄠ˪（ㄊㄛˇ）→ ㄊㄛˋ（ㄊㄨˇ）→ ㄊㄡˊ

捏　ㄊㄧㄚ → ㄅㄧㄥ → ㄔㄧㄥˊ

　　捏元氣

丑　ㄊㄧㄨˋ → ㄊㄨˋ → ㄔㄡˇ

　　子丑寅卯

勒　ㄊㄧㄥ˪ → ㄊㄧㄝˋ → ㄔㄧˋ

苔　ㄊㄧˇ → ㄊㄞ → ㄊㄞˊ

　　青ㄑ˚苔

挑　ㄊㄛ → ㄊㄠ → ㄊㄠˊ

超　ㄊㄧㄠ → ㄑㄧㄠ → ㄔㄧㄠ

推　ㄊㄝ → ㄊㄨㄟ → ㄊㄨㄟ

趁　ㄊㄧㄣ˪ → ㄊㄧㄣ → ㄔㄧㄣˋ

魠（鱐）ㄊㄛ˚ → ㄊㄛ· → ㄊㄨㄛ

　　土魠

鐵　ㄊㄧ· → ㄊㄧ· → ㄊㄧㄝˇ

疊　ㄊㄚ˚（ㄊㄧㄚㆬ˚）→ ㄅㄧㄚㆬ → ㄅㄧㄝˊ

蟲　ㄊㄤˊ → ㄊㄧㄠˇ → ㄔㄨㄥˊ

鍮　ㄊㄠ → ㄊㄛ → ㄊㄡ

　　黃銅也

豚　ㄊㄨㄣ → ㄨㄣˇ → ㄊㄨㄣˊ

俩　ㄊㄚㆬ· → ㄊㄛㆬ· → ㄊㄚ

　　不盈餘也，倒ㄌㄛ˪俩

豸　ㄊㄨㄚ → ㄗㄞ（ㄅㄧ）→ ㄓˋ

　　蟲豸，有足謂之蟲，
　　無足謂之豸。

塡　ㄊㄨㄣ → ㄊㄧㄢ → ㄊㄧㄢˊ

坌（坋）ㄊㄨㄣ → ㄨㄟ → ㄆㄣˋ

　　塡也、聚也

通　ㄊㄤ → ㄊㆲ → ㄊㄨㄥ

ㄌ

磷　ㄌㄥˊ → ㄌㄣˊ → ㄌㄣˇ （ㄌㄣˊ）
鬆也

敆　ㄌㄧ· → ㄒㄧˊ → ㄒㄧˊ
敆皮，皮起、去皮也

讓　ㄌㄨㆦ （ㆦㄢˇ）ㄑㄧˇ → ㆦㄤ → ㆤㄤ

撈　ㄌㄚ → ㄌㆦ → ㄌㄠˊ
沈取也

罵　ㄌㄝ → ㄌㄟ → ㄌㄧˋ
旁罵也

衄　ㄌㄨˋ （ㄅㄨ·） → ㄌㆦ· → ㄋㄡˋ
鼻血也。

劁　ㄌㆤˇ （ㄌㆤ） → ㄌㄧˇ → ㄌㄠˊ

劉　ㄌㄠˊ → ㄌㄨˊ → ㄌㄡˊ

欖　ㄌㄚˇ → ㄌㄚㆬ → ㄌㄢˇ
橄ㄍㄚˇ欖。

饕　ㄌㆦ → ㄊㆦ → ㄊㄠ

踮　ㄌㄧㄚㆬ ┌ ㄊㄧㄚㆬ· （ㄑㄧㄢㆦ） → ㄊㄧㆤ
　　　　└ ㄅㄧˋ· → ㄅㄧㆤ ㄌㄧㄚㆬ

副（劙、劗）ㄌㆤ → ㄌㄥ · → ㄌㄧˋ
分割也，副開。

(一) 踮，履之無跟者也。踮ㄌㄧㄚㆬ腳，躡履也。

刟　ㄌㄧㄚㆬ· （ㄎㄧㆬ·） → ㄎㄧㄚㆬ· → ㄑㄧㄚˊ
入也

(二) 踮ㄅㆤ·踮，墜落也；徐行也。

凹　ㄌㆦˇ· （ㄌㄧㄚㆬ·） → ㄌㄧㄚㆬ → ㄌㄠ

蜊　ㄌㄚˊ → ㄌㄧ → ㄌㄧˊ
蜊仔，蛤蜊也。

荔　ㄌㆦˇ → ㄌㄝˋ → ㄌㄧˋ

染　ㄌㆦˇ → ㆦㄧㄚㆬ → ㆤㄢˇ

擽　ㄌㄢˇ^ （ㄌㄢˋ） → ㄌㄢ → ㄔㄢˇ
手擽轉也

辣　ㄌㄨㆦ· → ㄌㄨㄚㆬ （ㄌㄢˇ·） → ㄌㄚˋ

圞　ㄌㄢˇ^ → ㄌㄨˇ → ㄌㄨˊ
圓也

鯪　ㄌㄧˇ → ㄌㄧˇ → ㄌㄥˊ
鯪鯉ㄌㄧˋ，穿山甲也。

癃　ㄌㄥ。→ ㄌㄧ。→ ㄌㄥ、

艦　ㄍㄚㄇˇ → ㄍㄚㄇˇ → ㄐㄧㄢˇ
　　軍艦

籠　ㄌㄤ → ㄌㄛˇ → ㄌㄨㄥˇ
　　ㄌㄚㄇˇ → ㄌㄛˇ → ㄌㄨㄥˇ

臨　ㄌㄧㄚㄇˇ → ㄌㄧㄇ → ㄌㄧㄢˊ

黜　ㄌㄨㄣˋ → ㄊㄨㄣˊ → ㄔㄨˋ
　　黜 ㄌㄨㄣˋ 職，貶職也。罷
　　黜 ㄊㄨㄣˋ

蘿　ㄌㄚ。→ ㄌㄛˇ → ㄌㄨㄛˊ
　　蘿蔔 ㄅㄛ。

內　ㄌㄞˇ → ㄌㄨㄝˇ → ㄋㄟˋ

猱　ㄌㄛ。→ ㄌㄛˊ（ㄧㄠˊ）→ ㄋㄠˊ

錄　ㄌㄥ。→ ㄌㄛˇ（ㄌㄛ。）→ ㄌㄨˋ

了　ㄌㄛˋ → ㄌㄛˋ → ㄌㄠˇ

略　ㄌㄛ。→ ㄌㄧㄛ。→ ㄌㄩㄝˋ

簾　ㄌㄧ → ㄌㄧㄚㄇˇ → ㄌㄧㄢˊ
　　布簾

弄　ㄌㄤ → ㄌㄛˋ → ㄋㄨㄥˋ

涎　ㄌㄨㄚˇ → ㄢˇ → ㄒㄧㄢˊ

濁　ㄌㄛ → ㄌㄛ。→ ㄓㄨㄛˊ

《

絞　ㄍㄚˋ→ㄍㄠˋ→ㄐㄠˋ

薐　ㄍㄨㄚ→ㄎㄜ→ㄎㄜ

過熟也。

吉　ㄍㄚ→ㄍㄢˋ（ㄍㄣˋ）→ㄐㄧˊ

吉貝，即棉花也。

個　ㄝˋ（ㄍㄞˋ）→ㄍㄜˆ→ㄍㄜˋ（ㄍ˙ㄜ）

冠　┌ㄍㄝˆ（ㄍㄨㄝˆ）→ㄍㄢˆ→ㄍㄢ
　　└ㄍㄨㄚˋ→ㄍㄨㄢ→ㄍㄨㄢ

橄　ㄍㄚˋ→ㄍㄚˋ→ㄍㄢˋ

橄欖ㄋㄚˋ

跤　ㄍㄨㄞ˙→ㄍㄨ˙→ㄐㄩㄝ

一跤一跤，足行不正也。

骾　ㄍㄝˋ→ㄍㄥˋ→ㄍㄥˋ

骾著ㄅㄜˋ

酵　ㄍㄚˋ→ㄍㄠˋ→ㄒㄠ

酵母

墼　ㄍㄢ˙→ㄍㄥ˙→ㄐㄧˋ

土墼、土墼厝

假　ㄍㄥ˙→ㄍㄝ（ㄍㄚˋ）→ㄐㄚˋ（ㄐㄚˋ）

菊　ㄍㄥ˙→ㄍㄠ˙→ㄐㄩ

糒　ㄍㄢˊ→ㄍㄢ→ㄐㄢ

砌　ㄍㄧ˙→ㄑㄟˆ→ㄑㄟˋ

荊　ㄍㄨˊ→ㄍㄥ→ㄐㄥ

桸ㄅㄜ荊ㄍㄨˊ

光　ㄍㄨˊ（ㄨㄤ）（ㄥ）→ㄍㄛ→ㄍㄨㄤ

刮　ㄍㄨㄚ˙→ㄍㄢ˙→ㄍㄚ˙

經　ㄍㄧˊ（ㄍㄝ）→ㄍㄥˊ→ㄐㄥ

羅經，羅盤也。

經蜘蛛絲

賈　ㄍㄛ→ㄍㄝ→ㄐㄚˋ

膠　ㄍㄚ→ㄍㄠˋ→ㄐㄠ

鮭　ㄍㄝ→ㄍㄨㄧ→ㄍㄨㄟˋ

梔　ㄍㄧ→ㄐㄧ→ㄓ

黃ㄥ梔

強（彊）

┌ㄍㄛˋ→ㄍㄤˋ→ㄑㄤˋ
　強壯

└ㄍㄛ→┬ㄍㄤˊ→ㄑㄤˋ勉強
　　　└ㄍㄤˊ→ㄐㄧㄤˋ倔強

窮　ㄍㄩˊ → ㄍㄩˊ → ㄑㄩˊ

縮　ㄍㄨ(ㄌㄨㄣ) → ㄙㄠˇ → ㄙㄜˊ

　　上古有ㄡ韻，如星宿。

羹　ㄍㄝ → ㄍㄥ → ㄍㄥ

轎　ㄍㄜ → ㄍㄠ → ㄐㄠ

攪　ㄍㄚ → ㄍㄠ → ㄐㄠ

近　ㄍㄨㄣ → ㄍㄣ → ㄐㄣ

高　ㄍㄨㄢ → ㄍㄜ → ㄍㄠ

（平聲及轉韻皆合）

縣　ㄍㄨㄢ → ㄏㄢ → ㄒㄢ

捲　ㄍㄥ → ㄍㄨㄢ → ㄐㄩㄢ

較　ㄍㄤ → ㄍㄠ → ㄐㄠ

見　ㄍㄢ → ㄍㄢ → ㄐㄢ

ㄎ

客　ㄎㆤ˙ → ㄎㄥ → ㄎㆤ

罄　ㄎㆤ̊ → ㄎㄥˊ → ㄑㄥ

虹　ㄎㄥ → ㄏㆦˇ → ㄏㄨㄞˇ

罄　ㄎㄢˋ（ㄎㄨˋ）→ ㄏㄥˋ → ㄏㆦ
　　罄目

硈（礊）　ㄎㄚㆬ → ㄎㄤㆬ̊（ㄎㆬ̊）→ ㄍㆦ

碻（確）　ㄎㄠˊ → ㄎㄤˋ → ㄑㄩㆤ

踝　ㄎㄨㆤ → ㄎㄨㆤ → ㄏㄨㄞ

脈　ㄎㄥˊ → ㄍㄨˇ → ㄍㆦ

拎　ㄎㆭ̊ → ㄎㄧㄚㆬ → ㄑㄢ

鉗　ㄎㆭ̊ → ㄎㄧㄚㆬ → ㄑㄢ

坩　ㄎㄚ̊ → ㄎㄚㆬ → ㄎㄢ
　　飯坩

哭　ㄎㄠˋ → ㄎㆦˇ → ㄎㄨ

隙　ㄎㄧㄚˋ → ㄎㄥ → ㄒㄧˋ
　　孔ㄎㄤ隙

涸　ㄎㆤ → ㆶㄢˋ（ㆶㆤˇ）→ ㄏㆤ

籗（籱）　ㄎㄚˋ → ㆶㆤˋ → ㄏㆦˋ
　　籗子ㄚ，取魚具也。

蕨　ㄎㄨㆤ → ㄎㆦˋ → ㄐㄩㆤ

　　蕨荣

奇　ㄎㄚ → ㄍㄧˇ → ㄑㄧˇ

肯　ㄎㄢ → ㄎㄥ（ㄨ）→ ㄎㄣˇ
　　肯ㄎㄢ定ㄉㄧㄥ

牽　ㄎㄢ → ㄎㄢ → ㄑㄢ

趉　ㄎㄧˇ → ㄍㄨ → ㄐㄧㄡ

卡　ㄎㄚ → ⎡ㄎㄚˋ → ㄎㄚˇ
　　　　　⎣ㄗㄚㆬˋ → ㄑㄧˇ

齒　ㄎㄧˋ → ㄑㄧ → ㄔˇ

鏗　ㄎㄞ → ㄎㄢ → ㄎㄥ

淺　ㄎㄧˇ → ㄑㄢ → ㄑㄢˇ

腔（腔）　ㄎㄧㄛ̊ㄨ（ㄎㆤ）→ ㄎㆤ → ㄑㄤ

攫　ㄎㄠˋ → ㄍㄤ̊ → ㄐㄩㆤ
　　抓取也。

卻　ㄎㄛˋ → ㄎㄥˋ（ㄎㄤˋ）→ ㄑㄩㆤ

瘝　ㄚ̊（彙音），阻滯也。
　　瘝物ㄇㆭ̊，瘝網ㄇㆭ̊，瘝斡
　　ㄨㄢˋ仔ㄚˋ
　　瘝牢ㄉㄠˋ，卡住也。

足　ㄎㄚ → ㄐㄛˋ → ㄗㄨˇ

腳　ㄎㄚ → ㄍㄤˋ → ㄐㄛ

兀

蝩　ㄘㄠ→ㄘㄠ·（ㄇ一·）→ㄐ一、
　　蟲行貌。
　　蝩震動、蝩蝩趖ㄙㄛ

囓　ㄘㄝ→ㄘㄢ·→ㄋㄝ

扭　ㄘㄧㄨ→ㄉㄨ→ㄋㄡˇ

虐　ㄘㄥ（ㄘㄠ）→ㄘㄤ→ㄋㄩㄝ

謔　ㄘㄥ（ㄘㄠ·）→ㄏㄤ·→ㄒㄩㄝ

訝　ㄘㄝ（ㄘㄚ）→ㄘㄚ→一ㄚ
　　嘲笑也

夯　ㄘㄚ→ㄏㄤ→ㄏㄤ

額　ㄘㄚ（ㄏㄚ）→ㄘㄥ→ㄜˊ

研　ㄘㄥ→ㄘㄢˇ→一ㄢˇ
　　研磨

舌　ㄐ一→ㄒ一ㄢ→ㄕㄜˊ
　　大舌，口吃ㄐ也。

跡　ㄘㄚ·（ㄒㄞ·）（ㄐㄚ·）→ㄐ一·→ㄐ一
　　痕跡、腳跡

撤　ㄘㄚ·→ㄍㄥ→ㄐ一
　　以錐（針）挑起也。

操　ㄘㄠ→ㄍㄢˇ→ㄐㄢ
　　操莿

臥　ㄘㄛ→ㄘㄛˇ→ㄨㄛˋ

硬　[ㄘㄝ（ㄘㄟ）→ㄘㄥ→一ㄥ
　　　ㄉㄥ→ㄍㄥ→一ㄥ]

娥　ㄘㄛˊ→ㄘㄤˊ→ㄜˊ

鏘　ㄘ一ㄤ→ㄑ一ㄤ→ㄑ一ㄤ

歐　ㄘㄞˇ（ㄘㄠ·）→ㄍㄠ→一ㄠ

巖　ㄘ一ㄚㄇ（ㄉ一ㄚˇ）→ㄘㄚㄇ→一ㄢ

蟯　ㄘ一ㄠ→ㄖㄠˇ→ㄖㄠˊ

藕　ㄘㄡ→ㄘㄡˇ→ㄡˇ

銀　ㄘㄨㄣ→ㄘㄣ→一ㄣ

雅　ㄘㄚˇ→ㄘㄝ→一ㄚ

狘　ㄘㄣ→ㄘㄣ→一ㄣ
　　犬怒也，目瞪也。

喥　ㄘㄠ·→ㄘㄇ·→ㄐ一、
　　喥喥叫，眾聲也。

嗅　ㄘ一ㄠ→ㄘㄠˇ→一ㄠˇ
　　嗅嗅叫，叫也。

ㄏ

眩　ㄏㄧˇ → ㄏㄢˊ → ㄒㄩㄢˊ

雲　ㄨㄣˊ（ㄨˊ）→ ㄏㄣˊ → ㄩㄣˊ

魚　ㄏˊ → ㄤˊ → ㄩˊ

衡　ㄏㄢˊ → ㄍㄨㄢ → ㄐㄩㄢˊ

　　車搖也

嫐　ㄏㄠˊ → ㄉㄠ → ㄋㄠˊ

　　女不正也，戲弄、相
　　擾也。

熁（曤）ㄏㄧㄚˊ˙ → ㄏㄇˊ˙ → ㄒㄧˋ

　　熁 ㄏㄧㄚˊ˙（ㄏㄇˊ˙）熱 ㄖㄨㄚˊ，悶熱
　　也。

瘄　ㄏㄝˊ → ㄏㄠˊ → ㄒㄧˊ

踤（跨）ㄎㄨˋ˙ → ㄎㄨㄚˇ → ㄎㄨㄚˋ

踳　ㄎㄨˋ˙ → ㄎㄨˇ → ㄎㄨㄟˋ

　　舉足也。

絠　ㄏㄚˇ → ㄏㄚˋ˙ → ㄒㄧㄚˇ

懸　ㄏㄧˇ˙（ㄏㄝˇ˙）→ ㄏㄧˇ → ㄒㄩㄢˊ

喤　ㄏㄛˇ˙ → ㄏㄛˊ → ㄏㄨㄤˊ

　　喤喤叫

跀　ㄏㄨㄞ˙ → ㄍㄨㄞ → ㄍㄨㄞ

　　足行不正也。

　　跀來跀去。

哮　ㄏㄠˊ → ㄏㄠˊ → ㄒㄧㄠˊ

薈　ㄨㄟ˙ → ㄍㄨㄟˊ → ㄏㄨㄟˇ

馨　ㄏㄚˇ˙ → ㄏㄧˊ → ㄒㄧㄥ

　　馨香 ㄆㄤ

兄　ㄏㄚˇ˙ → ㄏㄧˊ → ㄒㄩㄥ

融　ㄏㄧˇ → ㄏㄛˊ → ㄖㄨㄥˊ

雄　ㄏㄧˊ → ㄏㄛˇ → ㄒㄩㄥˊ

昏　ㄏㄧˊ → ㄏㄨˊ → ㄏㄨˊ

荒　ㄏㄧˊ → ㄏㄛˊ → ㄏㄨㄤ

　　匍 ㄆㄨˊ 荒

侯　ㄏㄛˊ → ㄏㄛˊ → ㄏㄡˊ

惶　ㄏㄚˇ˙ → ㄏㄧˊ → ㄏㄨㄤˊ

　　驚惶

艾　ㄏㄚˇ˙ → ㄤㄞˊ → ㄞˋ

　　艾草

園　ㄨˊ˙（ㄏㄥˇ˙）→ ㄨㄢˊ → ㄩㄢˊ

　　田 ㄊㄢˊ 園 ㄏㄥˊ

危 ㄏㄨˇ（ㄨˇ）→ ㄏㄨˊ → ㄨㄟˊ

　　危險

雨 ㄏㄛˇ → ㄧˇ → ㄩˇ
　　ㄨˇ → ㄧˇ → ㄩˇ

岸 ㄏㄨㄚˇ → ㄏㄢˇ → ㄢˋ

揎 ㄏㄚˋ → ㄏㄥˇ → ㄏㄥˊ

　　揎火

鄉 ㄏㄛ → ㄏㄤ → ㄒㄧㄤ

豇 ㄏㄤ → ㄍㄛ → ㄍㄨㄥ

鶴 ㄏㄛˋ → ㄏㄛˇ → ㄏㄜˊ

灑 ㄏㄨˋ → ㄙㄝ → ㄕㄚˇ

撼 ㄏㆬ → ㄏㄚㆬˋ → ㄏㄢˋ

　　撼動

還 ㄏㄥˇ（ㄏㄞˇ）→ ㄨㄢˇ → ㄏㄨㄢˊ（ㄏㄞˊ）

叡（核）ㄏㄨㄣˋ → ㄏㄥˋ → ㄏㄜˊ

礐 ㄏㄤˊ → ㄏㄥˊ → ㄒㄧㄥˋ

　　瘡腫起也。

　　歸個面，礐起來。

旦 ㄏㄨㄚˋ（ㄨㄚˋ）→ ㄅㄢˋ → ㄅㄢˋ

魁 ㄏㄨㄞˋ → ㄎㄨㄝ → ㄎㄨㄟˊ

　　芋ㄛ魁

嚇 ㄏㄚˋ（ㄏㄝˇ）→ ㄏㄚˋ·（ㄏㄥˋ·）→ ㄒㄧㄚˋ
　　嚇 ㄏㄚˋ（ㄏㄝˋ）驚、嚇 ㄏㄚˋ·
　　醒 ㄑㄧㄚˋ
　　ㄏㄚˋ·（ㄏㄢˋ·）→ ㄏㄚˋˊ → ㄏㄜˊ

　　恐ㄎㄠ嚇ㄏㄢˋ·

蟹 ㄏㄝˋ → ㄏㄞˋ → ㄒㄧㄝˋ

ㄐ

針　ㄐㄧㄚㄇ（ㄗㄚㄇ）→ ㄐㄧㄇ → ㄓㄣ

石　ㄐㄛ˚ → ㄒㄥ˚ → ㄕˊ

鐘　ㄐㄥ → ㄐㄛ → ㄓㄨㄥ

食　ㄐㄚ˚ → ㄒㄣ˚ → ㄕˊ

疾　ㄐㄣ· → ㄐㄥ → ㄐㄧ

守　ㄐㄨ → ⎰ ㄒㄨ → ㄕㄨˇ
　　　　　　⎱ ㄒㄨˆ → ㄕㄨˇ

掌　ㄐ˚ㄨˋ → ㄐㄤ → ㄓㄤˇ

　　掌心

成　ㄐ˚ㄚˇ（ㄒ˚ㄚˇ）→ ㄒㄥˇ → ㄔㄥˊ

　　成好ㄏㄛ

即　ㄐㄚ·（ㄐㄧ·）→ ㄐㄥ· → ㄐㄧ

借　ㄐㄛ·（ㄐㄥ·）→ ㄐㄚˆ → ㄐㄝˋ

炙　ㄐ˚ㄛˆ → ㄐㄚˆ → ㄓˋ

脊　ㄐㄧㄚ（ㄐㄧㄣ·）→ ㄐㄧㄥ· → ㄐㄧˇ

尻ㄎㄚ脊ㄐㄧ·、樑ㄌ˚ㄨ脊ㄐㄧㄣ·

啁　ㄐㄧ· → ㄐㄧㄥ· → ㄐㄧ

接　ㄐㄧ· → ㄐㄧㄚㄇ· → ㄐㄝ

晶　ㄐ˚ㄧ → ㄐㄧㄥ → ㄐㄧㄥ

隻　ㄐㄧ·· → ㄐㄧ· → ㄓ

氈　ㄐ˚ㄧ → ㄐㄧㄣ → ㄓㄢ

　　毛氈

繩　ㄐㄧㄣˇ（ㄒㄧㄣˇ）→ ㄒㄥˇ → ㄕㄥˊ

證　ㄐ˚ㄧㄣˆ → ㄐㄧㄥˆ → ㄓㄥˋ

ㄑ

翅 ㄒㄧㄣˇ (ㄑㄧˋ) → ㄊㄧˋ → ㄔˋ

螫 ㄑㄚˋ (ㄑㄜˋ) → ㄒㄥˋ → ㄕˋ

倩 ㄑㄚˋ → ㄑㄥˋ → ㄑㄢˋ
美也，倩也。

颺 ㄑㄨˇ → ㄑㄤˇ → ㄤˇ
颺風

樹 ㄑㄨˋ (ㄙㄨˋ) → ㄒㄧˋ → ㄕㄨˋ

趨 ㄑㄤˋ → ㄉㄤˋ → ㄊㄤˋ / ㄊㄤˋ → ㄔㄥˋ / ㄥ

斜 ㄑㄚˋ → ㄒㄧㄚˋ → ㄒㄧㄝˋ

赤 ㄑㄚˋ (ㄑㄜˋ) → ㄑㄛˋ → ㄔˋ
赤肉

晟 ㄑㄚˇ → ㄒㄥˇ → ㄔㄥˋ

象 ㄑㄨˇ → ㄑㄛˋ (ㄑㄤˋ) → ㄒㄤˋ

菖 ㄑㄨˋ (ㄑㄠˋ) → ㄑㄤˋ → ㄔㄤˋ
菖蒲

脈 ㄑㄜˋ → ㄏㄥˋ → ㄏㄜˋ
腰脈

擤 ㄑㄥˋ → ㄥˋ → ㄒㄥˇ
擤鼻

嗅 ㄑㄨˇ → ㄏㄨˋ → ㄒㄧㄡˇ

劗 ㄑㄚㄇˋ → ㄘㄚㄇˋ → ㄔㄢˋ
劗ㄑㄚㄇ落ㄉㄛ去ㄎㄧˋ
刺進去也。

爿 ㄑㄨˇ (ㄑㄠˇ) → ㄑㄤˋ → ㄑㄤˇ

匠 ㄑㄧㄣˋ → ㄑㄤˋ → ㄐㄤˇ

手 ㄑㄨˋ → ㄒㄨˋ → ㄕㄡˋ

ㄒ

承　ㄒㄣˊ → ㄒㄥˇ → ㄔˊ

豉　ㄒ˚ㄣ → ㄒㄧ → ㄕˋ（ㄔ）

蠅　ㄒㄣˊ → ㄒㄥˇ → ㄧㄥˊ

淌　ㄒ˚ㄨ → ㄒㄤˇ → ㄔㄤˊ
　　淌囇囇

攝　ㄒㄧㄚ˚ㄇ → ㄌㄧㄚㄇ· → ㄋㄧㄝ
　　　攝縫
　　ㄙㄧㄝ· → ㄒㄥ˚ → ㄕㄛ
　　　攝影

皙　ㄒㄧㄤ → ㄒㄥ· → ㄒㄧ
　　白皙皙

鯗　ㄒ˚ㄨ → ㄒㄤ → ㄒㄤˇ
　　鴨鯗

信　ㄒㄢ^ → ㄒㄣ^ → ㄒㄣ

尙　ㄒ˚ㄨ（ㄒㄠ^） → ㄒㄤ → ㄕㄤ

蝕　ㄒ˚ㄧ → ㄒㄧ˚ㄣ → ㄕˊ
　　蝕月、蝕日

嫦　ㄒㄠˇ → ㄒㄤ → ㄔㄤˊ

顫　ㄒㄧ· → ㄐㄢ^ → ㄓㄢ
　　顫顫瓚ㄗㄨㄣ，顫斗也。

燒　ㄒㄛ → ㄒㄠ → ㄕㄠ

醍　ㄒ˚ㄧ → ㄒㄟ → ㄕˋ（ㄔ）

　　全豉，橄ㄍㄚ欖ㄌㄚ醍ㄒ˚ㄛ

ㄗ

濱　ㄗㄨㄣ → ㄐㄧˊ → ㄓˊ
　　怭ㄣˊ怭濱，身寒發抖也。

聚　ㄗㄨㄟ → ㄐㄧ → ㄐㄩˋ

泏　ㄗㄨˋ → ㄗㄨ（ㄗㄢˋ）→ ㄔㄨˊ

整　ㄗㄚˇ → ㄐㄥˇ → ㄓㄥˇ

斬　ㄗㄚˇ → ㄗㄚㄇ → ㄓㄢˇ

劗　ㄗㄚˋ → ㄐㄢˇ → ㄓㄨㄢˇ
　　截也。

剨　ㄗㄨㄟˋ → ㄑㄥˋ → ㄔㄛˊ
　　割斷也。

誰　ㄗㄨㄟˊ → ㄙㄨㄟˇ → ㄕㄟˊ

雀　ㄗㄝˋ（ㄑㄥˋ）→ ㄑㄛˋ → ㄑㄩㄝˋ
　　厝雀ㄗㄝˋ，麻雀也。

絕　ㄗㄝˊ → ㄗㄢˊ → ㄐㄩㄝˊ

苴　ㄗㄨˊ → ［ㄐㄧ → ㄐㄩ ／ ㄑㄧ → ㄑㄩ］
　　尿苴ㄗㄨˋ

饡　ㄗㄥˊ → ㄗㄨㄢˇ → ㄓㄨㄢˋ
　　饡乳

昨　ㄗㄚˊ → ㄗㄠˊ → ㄗㄨㄛˊ

圳　ㄗㄨㄣˊ → ㄒㄨ → ㄐㄩㄣ

全　ㄗㄨㄢˇ（ㄗㄥˇ）→ ㄗㄨㄢˊ → ㄑㄩㄢˊ

盞　ㄗㄨㄚ → ㄗㄢ → ㄓㄢˇ

濺　ㄗㄨㄢˇ → ㄐㄧㄢ（ㄐㄧㄢˊ）→ ㄐㄧㄢˋ

十　ㄗㄚㄇ → ㄒㄧㄇ → ㄕˊ

怎　ㄗㄛㄇ → ㄗㄨㄛˇ → ㄗㄣˇ

晴　ㄗㄝˊ → ㄐㄥˊ（ㄐㄥ）→ ㄑㄥˊ

鄒　ㄗㄝ → ㄗㄛ → ㄗㄡ

閘　ㄗㄚˊ（ㄚˊ）→ ㄚㄇˊ → ㄓㄚˊ
　　水閘

鬃　ㄗㄤ → ㄗㄛ → ㄗㄨㄥ
　　洗頭鬃，洗頭髮也。

睡　ㄗㄨㄝ → ㄙㄨㄟˊ → ㄕㄨㄟˋ

鑽　ㄗㄥˊ → ㄗㄨㄢˇ → ㄗㄨㄢˋ
　　註：銓ㄊㄣˊ石

贓　ㄗㄥ → ㄗㄛ → ㄗㄤ

ㄘ

鑿　ㄘㄤ˚ → ㄘㄛ˚ → ㄗㄠˊ
穿孔也。

諎（喍）　ㄘㄜ˙ → ㄒㄥ˙ → ㄗㄜˊ
大聲也。

揣　ㄘㄝ → ㄘㄨˋ → ㄔㄨㄞˇ
測也、度也。

慼　ㄘㄝ˙ → ㄑㄧ˙ → ㄑㄧˋ
怨慼，憂也、痛恨也。

處　ㄘㄨˆ → ㄑㄧˆ → ㄔㄨˊ
　　ㄘㄨˋ → ㄑㄧˋ → ㄔㄨˇ

侈　ㄘㄨˋ → ㄑㄧˋ → ㄔˇ

躇　ㄘㄝ˙ → ㄅㄚ˚ → ㄅㄜ
跙ㄑㄩ行不進也。
躇土腳。

鬤　ㄘㄤˆ → ㄙㄨㄥ → ㄕㄨㄥˋ
鬤，髮不直也。

藏　ㄘㄤˆ（ㄘㄥˆ）→ ㄗㄠˊ → ㄗㄤ
　　　　　　　　　→ ㄗㄠˋ → ㄘㄤ

喙　ㄘㄨ → ㄏㄨㄟ → ㄏㄨㄟˋ
鳥喙

嘴　ㄘㄨㄟˆ → ㄗㄨˋ → ㄗㄨㄟˋ
人嘴

戳　ㄘㄛ˙ → ㄅㄛ˙ → ㄔㄨㄛˊ
戳記

村　ㄘㄥ（ㄘㄨㄢ）→ ㄘㄨㄢ → ㄘㄨㄣ

厝　ㄘㄨˆ → ㄘㄛˆ → ㄘㄨㄛˋ

楚　ㄘㄜ → ㄘㄛ → ㄔㄨˇ

賊　ㄘㄢˊ → ㄐㄧㄣˊ → ㄗㄟˊ

髓　ㄘㄝ（ㄘㄨˋ）→ ㄘㄟˋ → ㄙㄨㄟˇ

櫸（閂）　ㄘㄨㄣˆㄚ → ㄙㄨㄢ（ㄙㄢ）→ ㄕㄨㄢˇ

栓　ㄘㄥ → ㄘㄨㄢ → ㄕㄨㄢˇ

擦　ㄘㄨ˙ → ㄘㄢˋ → ㄘㄚ
粿頭擦ㄘㄨ˙，摩擦ㄘㄢ˙

鱔　ㄘㄨㄚ → ㄒㄧㄢ → ㄕㄢˋ

惙　ㄘㄚ˙ → ㄅㄨㄢˋ → ㄘㄛㄢˋ
憂也，惙ㄘㄨˋ囉ㄌㄝ 等ㄉㄢˇ

脆　ㄘㄝˆ → ㄘㄨㄟˆ → ㄘㄨˋ

ㄙ

續 ㄙㄨㄝˇ → ㄒㄧㄠ˚ → ㄒㄩˋ

訕 ㄙㄨㄢ → ㄙㄢˇ → ㄕㄢˋ
　　謗也。

樣 ㄙㄨˇㄢ → ㄒㄧㄢ → ㄒㄧㄢˋ

瘦 ㄙㄢ → ㄙㄛ → ㄕㄡˋ

徙 ㄙㄨˋ（ㄙㄨ）→ ㄒㄧ → ㄒㄧˇ

所 ㄙㄝ → ㄙㄛ → ㄙㄨˇ

揀 ㄙㄤ˙ → ㄙㄛ˙ → ㄙㄨ
　　推也，挨ㄝ揀

戲 ㄙㄥ → ㄏㄥˊ → ㄒㄧˋ

煞 ㄙㄨ˙ → ㄙㄚ˙（ㄙㄢ˙）→ ㄕㄚˋ

署 ⎡ ㄙㄨ → ㄒㄧ → ㄕㄨ
　 ⎣ ㄙㄨ → ㄒㄧ → ㄕㄨˋ

釋 ㄙㄨㄝ˙ → ㄒㄧㄥ˙ → ㄕˋ

鬖 ㄙㄚㄇˊ → ㄙㄩㄇ → ㄙㄢ（ㄙㄢ）
　　毛髮垂貌，鬖頭毛ㄇㄥ

雙 ㄙㄤ（ㄒㄧㄤ）→ ㄙㄛ → ㄕㄨㄤ

搜 ㄙㄚ → ㄙㄛ → ㄙㄡ
　　搜ㄙㄚ柴、搜ㄙㄛ查

勯 ㄙㄢ（ㄒㄧㄢ）→ ㄉㄢ → ㄉㄢ（ㄉㄢ）
　　成ㄐㄧㄚˇ勯，很累也。
　　躺ㄊㄛˇ勯，躺下休息也。

桑 ㄙㄥ → ㄙㄛ → ㄙㄤ

甚 ㄙㄨˇ → ㄒㄇㄧˊ → ㄕㄣˊ

帀

呦　ㄒㄠ → ㄒㄠ → ㄒㄩㄥˇ
　　眾言也。

廿（廿）帀。 → 帀ㄇ。 → ㄋㄢˊ

皺　帀ㄠˇ → ㄑㄨㄟ → ㄓㄡˋ

ㄚ

匜（ㄞㄚ。）（ㄏㄚ。）ㄚㄇ。 → ㄚ。 → ㄒㄚˊ

ㄛ

挖　ㄛˋ（ㄨㄝ）→ ㄨㄢ· → ㄨㄚ

黑　ㄛ → ㄏㄥ· → ㄏㄟ

ㄝ

矮　ㄝˋ（ㄨㄝ）→ ㄞˋ → ㄞˇ

厄　ㄝ· → ㄥ·（ㄞㄛ）→ ㄜˋ

楹　ㄝˇ → ㄥˇ → ㄥˊ
　　楹樹、楹樑。

ㄞ

喍　ㄞ° → ㄞ → ㄦˊ
　　小兒言也。

ㄥ

彎　ㄥˇ→ㄨㄢˊ→ㄨㄢˊ

　　犁彎

暈　ㄥㄣ→ㄨㄣˊ→ㄩㄣ（ㄩㄣ）

　　煙暈，眩暈也。

搵　ㄥ→ㄨㄢˇ（ㄨㄢˇ）→ㄩˋ

　　掌擊也，搵落ㄌㄛˋ去ㄎㄧˊ

扰　ㄥ→ㄨㄣˊ→ㄧㄢˇ

　　抱也。

黃　ㄥˇ→ㄏㄛˊ→ㄏㄨㄤˊ

向　ㄥˋ→ㄏㄛˋ（ㄏㄤˋ）→ㄒㄧㄤ

阮　ㄥˋ→ㄜㄨㄢˋ→ㄖㄨㄢˋ

ㄇ

梅　ㄇˇ（ㄇㄨˇ）→ㄇㄨㄝˋ→ㄇㄟˊ

一

勺　ㄛˇ → ㄐㄤˇ → ㄕㄨㄟˋ（ㄓㄨㄛ）

噎　ㄧㄢˇ（ㄢˇ）（ㄝˇ）→ ㄧㄥˇ → ㄧㄝ

舀（掐）ㄨ° → ㄧㄠˇ → ㄧㄠˋ

驛　ㄧㄚ° → ㄧㄥ° → ㄧˋ

億　ㄛˇ → ㄧㄥˇ → ㄧˋ
　　意度也。

映　ㄧㄚˇ^（ㄧㄠˇ^）→ ㄧㄤˇ^ → ㄧㄥˇ^

垚（堯）ㄧㄠˇ → ㄒㄧㄠˇ → ㄧㄠˇ

鑰　ㄛ° → ㄧㄤ° → ㄧㄠˋ

扼　ㄧㄚˇ → ㄧㄥˇ → ㄜ
　　扼土、扼開

厭（懨）ㄧㄚ^ → ㄧㄚㄇ^ → ㄧㄢˇ
　　（參考破音字章）

嬰　ㄧ°（ㄧㄝ°）→ ㄧㄥ → ㄧㄥ

應　ㄧㄣ^ → ㄧㄥ^（ㄧㄥ）→ ㄧㄥˋ（ㄧㄥ）

纓　ㄧㄚ° → ㄧㄥ → ㄧㄥ
　　帽ㄇㄛㄣ纓

ㄨ

因　ㄨㄣ→ㄧㄣ→ㄧㄣ

恩　ㄨㄣ→ㄧㄣ→ㄣ

晏　ㄨㄚ→ㄢ→ㄧㄢ
不早也

踩　ㄨㄞ→ㄉㄨㄟ→ㄉㄟ
足跌也

寓　ㄨ（ㄉㄨ）→ㄉㄨㄟ→ㄩ
ㄨ→ㄉㄨㄟ 濁上歸去也。

轟　ㄨㄞ→ㄧㄥ→ㄏㄨㄥ

有　ㄨㄟ→ㄨ→ㄧㄡ

註：有ㄅㄧㄥ，硬也。

有ㄆㄚ，不成穀也，

音義仝秕。

活　ㄏㄨㄚ→ㄏㄨㄢ→ㄏㄨㄛ

附二：易混淆的發音

思　ㄒㄧ →　ㄙㄨ → ㄙ　　相思ㄒㄧ，思ㄙ想ㄒㄧㄤˇ
　　　　　　　ㄙㄨˋ → ㄙ（ㄙ）意ㄧˋ思ㄙˋ
斯　ㄒㄧ → ㄙㄨ → ㄙ

須　ㄙㄨ → ㄒㄧ → ㄒㄩ
需　ㄙㄨ → ㄒㄧ → ㄒㄩ
詩　ㄙㄨ → ㄒㄧ → ㄕ
書　ㄕㄨ → ㄒㄧ → ㄕㄨ

儈ㄇㄝ〔（十五音）不能也。
未ㄇㄝ〔（ㄇㄨㄝ）→ ㄇㄢ〔 → ㄨㄟˋ
袂　　　　ㄇㄝ〔 → ㄇㄟ〔
　　　　中古

半、絆ㄅㄨㄚ〔 → ㄅㄨㄢ〔 → ㄅㄢˋ
拌ㄅㄨㄚ〔 → ㄅㄨㄢ〔（ㄆㄨㄢ）→ ㄅㄢˋ
伴、泮ㄅㄨㄚ〔 → ㄆㄨㄢ〔（ㄆㄨㄢˋ）→ ㄅㄢˋ
畔　　　　ㄅㄨㄢ〔 → ㄆㄢ〔
　　　　中古

末ㄇㄨㄚ → ㄇㄨㄢ → ㄇㄛˋ
沒　ㄇㄨㄢ → ㄇㄛˋ（ㄇㄟ）
　　　中古
無ㄇㄛˊ → ㄇㄨˊ → ㄨˊ
毋　　ㄇㄨˊ → ㄨˊ　禁止之詞也。
　　　　ㄍㄨ〔 → ㄍㄨㄢ〔　穿物持之也。
　　　中古

第十四章
語詞語音探討

ㄅ

臍ㄅㄨ·沸ㄆㄨㄛ。 湧泉出貌
　臍ㄅㄨ· → ㄅㄨ· → ㄅ、
　沸ㄆㄨㄛ。 → ㄈㄣ、 → ㄈㄣ、
　　熱ㄖㄢ。沸ㄈㄣ。沸ㄈㄣ。
臍ㄅㄨ·沫ㄇㄨㄛ。 冒泡沫也
　沫ㄇㄨㄛ。 → ㄇㄢ。 → ㄇㄛ、
臍ㄅㄣ·泡ㄆㄠ。 冒泡也
　泡ㄆㄠ。 → ㄆㄠ → ㄆㄠ
窋ㄅㄨ·芽ㄍㄝ 土中出芽也
　窋ㄅㄨ· → ㄅㄨ·（ㄅㄨ·）→ ㄓㄨㄝ·
枌ㄅㄨ·芽ㄍㄝ（十五音）

　圍ㄅㄤ·㮃ㄧ 也
　樹枝出芽也

爬ㄅㄝ·癢（癉、痒）ㄐㄨㄛ
　抓癢也
　ㄅㄝ·ㄐㄨㄛ → ㄅㄚㄤ → ㄆㄚㄤ
佛ㄅㄣ。桌ㄅㄨ·
　佛ㄅㄨㄢ。 → ㄅㄣ。（ㄅㄨ·）→ ㄈㄛ、
平ㄅㄝ·坦ㄊㄢ
　平ㄅㄝ·（ㄅㄝ·ㄧ）→ ㄅㄥ → ㄆㄥ
　坦ㄊㄚ → ㄊㄢ → ㄊㄢ
搏ㄅㄚ。感情
　搏ㄅㄚ。 → ㄆㄛ· → ㄅㄛ
搏ㄅㄛ。局ㄍㄠ。賭搏也
　局（ㄍㄠ）→ ㄍㄨㄛ。 → ㄐㄩ
搏ㄅㄛ。努ㄌㄨ
　努ㄌㄨ → ㄌㄛ（ㄌㄛ）→ ㄋㄨ

筆ㄅㄣˋ‧畫ㄨㄝˋ。

　　畫ㄨㄝˋ。→ ㄨㄞˊ（ㄏㄨㄞˊ）→ ㄏㄨˋ

扁ㄅㄣˋ‧ 擔ㄉㄚ

　　扁 ⎰ ㄅㄞ → ㄅㄢ → ㄆㄢ
　　　 ⎱ ㄅㄞ → ㄅㄢˊ → ㄅㄢˊ

　　語音以連音呈現ㄅㄣ，接舌

　　尖音ㄉㄚ。

歇ㄆㄨ 風ㄏㄥ

　　歇ㄆㄨ → ㄆㄨ → ㄆㄣ（ㄆㄣ）

　　歇ㄆㄨ 鷄ㄍㄝ 胿ㄍㄨㄟ

　　　胿ㄍㄨㄟ → ㄍㄨㄝ → ㄍㄨㄟ

播ㄅㄜ 稻ㄉㄨ 子ㄚ

　　播種稻子也

　　播ㄅㄜ → ㄅㄛ → ㄅㄛ

　　稻ㄉㄨ → ㄉㄜ → ㄉㄠ

駊ㄅㄞ 風ㄏㄥ 牛馬狂奔也

　　駊（ㄅㄞ）→ ㄅㄜ → ㄅㄛ

匍ㄅㄣˋ‧ 匐ㄆㄤˋ‧伏地也，今匍匐也

　　匍ㄅㄣˋ‧ → ㄅㄤ → ㄈㄨ

　　匐ㄆㄤˋ‧（ㄆㄚ）→ ㄅㄛ → ㄆㄨˊ

匏（瓠）ㄅㄨ 子ㄚ 胡瓜也

　　註：參閱第十三章單字音條。

比ㄅ 並ㄆㄥˋ（ㄅㄥ）

　　相互比較也

孵ㄨ 卵ㄌㄢˋ 孵蛋也

　　孵ㄨ → ㄏㄨ → ㄈㄨ

　　註：㲻ㄨ（ㄅㄜˊ）→ ㄅㄠ

　　　　中古

　　　禽伏蛋也

白ㄅㄝˋ 賊ㄘˋ 說謊也、瞞也

　　　賊ㄘˋ → ㄐㄥ → ㄗˊ

白ㄅㄝ 饗ㄐㄚ 無ㄇㄛˊ 味ㄇㄧ

　　澈ㄍㄨㄟ 饗ㄐㄚ 無味也、味淡

　　也。

　　饗（饗）ㄐㄚ → ㄚㄚ → ㄗㄢˇ

白ㄅㄝˋ 芨ㄎㄢˋ 中藥名

　　芨ㄎㄢˋ → ㄍㄧ → ㄐㄧ

白ㄅㄝ 頭ㄊㄥ 鵠ㄎㄢˋ‧兒ㄚ

白ㄅㄝ 鴿ㄉㄥ 鵠ㄎㄢˋ 兒ㄚ

　　鳥名，白頭翁也

　　鵠ㄎㄨㄥˋ（ㄎㄢˋ‧）→ ㄍㄢ‧ → ㄐㄧ

白ㄅㄝ 翎ㄌㄥ 絲ㄒ

　　白鷺絲也

糞ㄅㄣˋ 埽ㄙㄠ 垃圾也

閉思　內向也

變猴弄

　耍猴戲也

　變 → ㄅㄢ → ㄅㄢ

蹑鼟叫

　足踏地聲也

　蹑 → ㄅㄥ → ㄅㄥ

　鼟 → ㄅㄥ → ㄅㄥ

不搭　不拭

　做事搭拭皆不宜也

放悚（十五音）

　使離也，古時男將女離棄

　也。

分食。

　兄弟分家也

反莢荳

　（參閱新市諺語註）

反車輇（十五音）

　註：輪 → ㄌㄨㄣ
　　　　中古

　　　輾（ㄌㄢ）→ ㄓㄢ
　　　　中古

反　覆

抛車圈

　抛 → ㄆㄨ（ㄆㄛ）→ ㄆㄛ

圓圈圈

　很圓，圓滾滾也

躐腳（彙音）

　跛足也

爬龍船

　划龍舟也

撥工

　撥出時間工作也

放土炮

　甩泥炮也

欑欑　頻婆也

　果名，今稱ㄅㄢ ㄅㄜ

　欑 → ㄆㄢ
　　中古

　欑 → ㄅㄜ → ㄆㄜ

壁　橛。

　壁上掛物之短木

　橛 → ㄎㄨㄟ → ㄐㄩㄝ

ㄆ

歹ㄆㄞ 意ㄧˋ

　歹ㄆㄞ（ㄆㄞ）→ ㄅㄞ → ㄅㄞˇ

歹ㄆㄞ 物ㄇㄜ˙。指鬼魅之屬

歹ㄆㄞ 勢ㄙㄟ 不好意思也

　眞ㄐㄧㄣ 歹勢、成ㄐㄧㄚ 歹勢

　足ㄐㄩㄛ˙ 歹勢、夏ㄎㄢ˙ 歹勢

屁ㄆㄨ 塞ㄊㄞ˙

批ㄆㄜ 囊ㄌㄜ 信封也

　囊ㄌㄜˇ → ㄌㄤ

　　中古

噴ㄆㄨ 水ㄗㄨ

　噴ㄆㄨ → ㄆㄨㄣ → ㄆㄣ

逋ㄆㄚ 逋ㄆㄚ 走ㄗㄠ

　逋（ㄆㄚ）→ ㄅㄛˇ → ㄅㄨ 逃也

拍ㄆㄚ˙ 咳ㄎㄚ 嚏ㄑㄨ

　打噴嚏也

　咳ㄏㄟ →　ㄎㄚ → ㄎㄛ
　　　　　　ㄎㄨ → ㄎㄞ

拍ㄆㄚ˙ 泡ㄆㄠ 子ㄚ

　拍手也

負ㄆㄞ 債ㄗㄝ

負ㄆㄞ 重ㄉㄤ

　負ㄆㄞ → ㄏㄨ → ㄈㄨ

剖ㄆㄨ 柴ㄘㄚ 劈柴也

　剖ㄆㄨ → ㄆㄛ → ㄆㄛ（ㄆㄨ）

痡ㄆㄨ 病ㄅㄜ 生病也

　痡ㄆㄨ → ㄆㄨㄝ → ㄆㄟ

暴（曝）ㄆㄛ 衫ㄙㄚ 曬衣服

暴ㄆㄛ 被ㄆㄝ 曬棉被

暴ㄆㄛ 日ㄖㄨ 頭ㄊㄠ 曬太陽

暴（曝）ㄆㄤ → ㄆㄛ → ㄆㄨ（ㄅㄠ）

膨ㄆㄜ 鬆ㄙㄤ

　膨ㄆㄜ → ㄆㄛ → ㄆㄥ

　鬆ㄙㄤ → ㄙㄥ → ㄙㄨㄥ

胖（肨）ㄆㄜ 風ㄏㄥ

　脹氣也，引申吹牛也

　胖ㄆㄜ → ㄆㄤ → ㄆㄤ 脹也

胖ㄆㄜ 腮ㄙㄞ 腮ㄙㄞ

胖ㄆㄜ 泡ㄆㄜ 皮起泡也

　　註：皰ㄆㄤ˙ 㿭ㄆㄜ 皮破也

敷ㄅㄤ· → ㄅㄛ· → ㄅㄛ

破ㄆㄛ → ㄆㄛ· → ㄆㄠ

椪ㄆㄥˋ柑ㄍㄢ

椪ㄆㄥˋ餅ㄅㄧㄤ、綠ㄌㄨˋ豆ㄉㄠˋ椪ㄆㄥˋ

睥ㄆㄞˋ睨ㄋㄞˋ 目左右斜視也

　睥ㄆㄞˋ → ㄆㄟ → ㄅㄧˋ

　睨ㄋㄞˋ → ㄋㄧˋ

　　中古

匐ㄆㄚ荒ㄏㄥ 匐滿蔓藤也，棄耕

之荒地也。

匐ㄆㄚ（ㄆㄤ·）→ ㄅㄛˋ → ㄆㄨˋ伏也

荒ㄏㄥ → ㄏㄛ → ㄏㄨㄤ

諞（騙）ㄆㄧㄢˋ子ㄨ

諞ㄅㄧㄢ 仙ㄒㄧㄢ 子ㄚ

　諞ㄅㄧㄢˋ → ㄅㄧㄢ → ㄆㄧㄢ

　騙ㄅㄧㄢ（ㄆㄧㄢˋ）→ ㄆㄧㄢ

　　中古

（中古期，二字相通）

口

濛ㄇㄥˋ霧ㄨˋ 水氣迷濛也

矇ㄇㄥˋ瞀ㄇㄨˋ 眼睛迷矇也

瞇ㄇㄧ 一ㄐㄧㄣˋ下ㄒㄧㄝˋ

　合眼休息一下，小睡一會兒。

猛ㄇㄥˋ擎ㄌㄚˋ 猛捷掠ㄌㄤˋ取也，動作敏捷而抓取也。

　猛ㄇㄥˋ → ㄇㄛˋ → ㄇㄛˋ

慢ㄇㄢˋ趖ㄙㄛˋ趖ㄙㄛˋ 慢吞吞也

　挫ㄙㄛˋ → ㄙㄛˋ → ㄙㄨˋ

茅ㄇㄠˋ茨ㄨˋ以茅草、蒺藜所蓋，

一般指廁所。

茅ㄇㄠˋ → ㄇㄠˋ → ㄇㄠˋ 茅ㄇㄠˋ草ㄘㄠˋ

茨ㄐㄧˋ → ㄗㄚ → ㄘ

　草ㄘㄠˋ 厝ㄘㄨˋ

　以茅草所蓋之屋，一般指居住的草屋

門ㄇㄥˋ 辛（鐟）ㄎㄢ 門扣也

門ㄇㄥˋ 閂ㄔㄨㄢˋ 門栓也

　閂ㄔㄨㄢˋ → ㄙㄨㄢ（ㄙㄢˋ）→ ㄕㄨㄢ

沐ㄇㄤ· 水ㄕㄨㄟˋ

沐ㄇㄥˋ 浴ㄧㄛˋ

沐 → → ㄇㄨ

麵線 糊

目 瞩 遮 遮

遮 → →

目 瞩 抾 窗

目 瞩 眛 眛

　眛 → → 微明也

目 瞩 脈 一 下

　脈 → →

　目略也、目斜視也

目 瞩 矔 一 下

　矔 →

　中古

目 屎 目水、眼淚也

　屎 → →

目 瞩 糊 屎

目 瞩 盹 盹 看

肉 脯 肉乾也

　脯 → 肉乾也

　中古

麻 糍

　糍 → → （ㄗ）

熥 飯 一蒸也

熘 飯 再蒸也

闇 孤 找

　玩躲藏遊戲也

　闇同義字：闇 闆

　　　　　覕（現代音）

　找同義字：覔（覓）

　找 → → （十五音）

　尋也，還也

闇 咯 鷄

掩 咯 鷄

　闇孤找同義詞

　掩 → →

無 影 無 跡 （ㄒㄚ）

　不 知 影 跡

罔 腰

罔 飼

　罔 無妨也，置致也

　歹 腰 飼

　難帶難養也

烌 烌 仔 火

　烌 → →

末火也、火色不亮也。

微ㄇㄞˋ（甫ㄇㄞˋ）假ㄍㄝˋ猾ㄒㄠ

未ㄇㄨㄝˋ假ㄍㄝˋ猾ㄒㄠ

猾ㄒㄠ→ㄒㄠ→ㄒㄠ

狂也、狂病也

無ㄇㄛˋ準ㄗㄨㄣˋ算ㄙㄥˋ不算數也

目ㄇㄤˋ瞘ㄐㄨ睇ㄇㄧ睇ㄇㄧ

合眼，但目縫極細也。

睇ㄇㄧ→ㄇㄧ→ㄇㄧ（十五音）

目ㄇㄤˋ瞘ㄐㄨ烟ㄧㄣ暈ㄙ

棉ㄇㄧ績ㄐㄛ·被ㄆㄛ棉被也

目ㄇㄤˋ虱ㄙㄞ·目虱或頭虱也

虱ㄙㄞ·→ㄒㄥ·→ㄙ

芒ㄇㄤ多ㄉㄤ哖ㄉㄨ仔ㄚ

青ㄑㄧ啼ㄊㄨ仔ㄚ

綠繡眼也

芒ㄇㄤ→ㄇㄛ→ㄇㄤ

無ㄇㄝˋ要ㄠ無ㄇㄝˋ緊ㄍㄧㄣ

無ㄇㄛˋ攬ㄌㄚ無ㄇㄛˋ拉ㄌㄝ

喻做事懶散，或體態無措

也。攬者，手取兜物也。

拉ㄌㄚ者，引也（十五音）

未ㄇㄨㄝˋ呬ㄏㄧ哼ㄏㄞ

呬，息也

哼，哼叫也（十五音）

木ㄇㄤ屐ㄍㄚ。

屐ㄍㄚ。→ㄍㄚ。→ㄐ（ㄐㄧ）

蠻ㄇㄢ皮ㄆㄨㄝ

小孩調皮也

未ㄇㄨㄝˋ見ㄐㄧㄢˋ誚ㄒㄠ

未覺得羞愧也

見ㄐㄧㄢˋ誚ㄒㄠˋ（中古）

自覺羞愧也，羞也。

未ㄇㄝˋ（ㄇㄨㄝˋ）→ㄇㄧ→ㄇㄧˋ

誚 ┌ ㄒㄠˋ→ㄑㄠˋ責讓也，言詞相
　　　　　　　　調笑也。
　　└ ㄒㄠ→ㄒㄧㄠ仝嘲

註：袂ㄇㄝˋ（中古）義不合，

且無ㄨㄝˋ音。

笑→ㄑㄧㄛˋ→ㄑㄠˋ（ㄒㄠˋ）→ㄒㄠ義較

不合。

勹

中ㄓㆲ 晝ㄅㄠ 中午也

　晝ㄅㄠˋ → ㄅㄨˋ → ㄓㄡˋ

頂ㄅㄧㄥ 晡ㄅㄛ 上午也

　下ㄝ 晡ㄅㄛ 下午也

　晡ㄅㄛ → ㄅㄛ → ㄅㄨ

大ㄅㄚˋ 舌ㄐㄧ。 口吃ㄐㄧ也

　舌ㄐㄧ。 → ㄒㄧㄚˊ → ㄕㄜˊ

張ㄅㄧㄡ 遲ㄅㄧˋ 主張緩也

　躊ㄅㄡ 躇ㄅㄨˋ（ㄔㄡˊ ㄔㄨˊ）

　住足不行，猶豫也

　踟ㄅㄨˋ 躕ㄅㄨˋ（ㄔ ㄔㄨˊ）

　行不進也

瞠ㄅㄧㄝ 目ㄇㄤ。 直視也

　瞠ㄅㄧㄝ → ㄊㄥ → ㄔㄥ

燂ㄅㄇㄧ 補ㄅㄛ

　燂ㄅㄇㄧ → ㄒㄧㆬ → ㄒㄧㄣ

　燉ㄅㄨㄣˋ → ㄅㄨˋ

　　中古

倒ㄅㄛ 反ㄅㄧㄥ

凍ㄅㄤ 霜ㄙㄥ 小氣也

竹ㄅㄧㄥ・ 筒ㄅㄤ

　竹ㄅㄧㄥ・ → ㄅㄧㄥ・ → ㄓㄨ

　筒ㄅㄤ → ㄅㄠ・ → ㄊㄥ

竹ㄅㄧㄥ・ 苞ㄆㄛ 一苞竹

　苞 ⌈ ㄅㄛˊ → ㄅㄠ → ㄅㄠ

　　　⌊ ㄆㄛˊ → ㄆㄠ → ㄅㄠ

　　　與抱同音

怵ㄅㄨ・ 心ㄒㄧㆬ 肝ㄍㄚ

　怵ㄅㄨˊ → ㄅㄧ → ㄓㄨ

　憂恐也、抽動也。

痛ㄊㄤ 瘯ㄅㄨ・ 瘯ㄅㄨ・ 抽痛也

潳ㄅㄨ 水ㄗㄨ 潳、滿水也

　西ㄙㄞ 南ㄋㄚㆲ 潳ㄅㄨ

　指西南氣流，造成海湧滿

　潮也。

倒ㄅㄛ 向ㄏㄧㄤˋ

倒ㄅㄛ 躝ㄒㄧㄤ・

倒ㄅㄛ 躝ㄒㄧㄤ・ 向ㄏㄧㄤˋ

　跋ㄅㄨㄚ。 倒所致也

著ㄅㄛ。 栽（災）ㄗㄝ 滅亡之意

著ㄅㄜ˙ → ㄅㄤ˙ → ㄓㄠˊ

災ㄗㄝ → ㄗㄞ → ㄗㄞ

豆ㄉㄠˋ 豉ㄒㄧ

　豉ㄒㄧ → ㄒㄧ → ㄕ（ㄔ）

澄ㄅㄠˊ 朒ㄅㄠˋ 朒ㄅㄠˋ

　地濕也，濕透了。

擔ㄅㄚˋ官ㄍㄨ、擔ㄅㄚˋ家ㄍㄜ

　公婆也

同ㄅㄤˊ娟（姒）ㄙㄞ

　娣姒、妯娌也

　姒ㄙㄞ → ㄙㄜ → ㄙ

顢ㄅㄚˊ（ㄅㄚˋ）頭ㄊㄠˊ 點首也

　顢ㄅㄚˊ（ㄚˋ）→ ㄅㄜˊ（彙音）→
　ㄅㄢ

　覃ㄐㄧˊ → ㄊㄚˊ → ㄊㄢˊ

湛ㄅㄠˊ水ㄗㄨ 湎ㄇㄧ

　湛ㄅㄠˊ → ㄓㄢ 沈也

　　中古

　湎ㄇㄧㄇㄧㄣ → ㄇㄧㄢㄇㄧㄣ → ㄇㄧㄢㄇㄧㄣ

　　面在水中

島ㄅㄜˊ 嶼ㄙㄩ

　嶼ㄙㄩ → ㄒㄧ → ㄩˇ

重ㄅㄛˋ 誤ㄨˋ 擔誤也

重ㄅㄥˊ 重ㄅㄚˊ 又重ㄅㄚˊ誤ㄨˋ了

乾（潐）ㄅㄚ 涸ㄅㄠˋ 涸ㄎㄠˋ

　涸ㄎㄠˋ → ㄏㄛˊ → ㄏㄜˊ

　註：硬ㄅㄥˊ 碉ㄎㄠˋ 碉ㄎㄠˋ

搒（搭）ㄅㄤˋ珠ㄓㄨ兒ㄚ

　以指彈物也

　搒ㄅㄤˋ → ㄅㄤ˙ → ㄓㄠˊ

大ㄅㄚˋ 軀ㄎㄛ

　軀ㄎㄛ（ㄎㄨ）→ ㄎㄧ → ㄑㄩ

茶ㄅㄝˊ 籸ㄎㄛ、油ㄧㄡ 籸ㄎㄛ

　籸ㄎㄛ → ㄒㄧㄣ → ㄕㄣ

　粉渣、粥凝也

箍ㄎㄢ桶ㄊㄤ

箍ㄎㄛ → ㄎㄨ

　　中古

　　以篾束物也

柴ㄔㄞ 橢ㄎㄛ

橢ㄎㄛ → ㄎㄨ

　　中古

　　木圓柴塊也

註：帀、匝、迊古字相通

ㄚㄅˋ → ㄚㄅ 周也、徧也

著ㄉㄛˋ 傷ㄒㄛ 受傷也

定ㄉㄧˋ 著ㄉㄛˋ 定性也

抵ㄉㄝˋ 押ㄚˋ

　抵ㄉㄝˋ (ㄉㄨ) → ㄉㄨˋ → ㄉㄨˋ

抵ㄉㄨˋ 仔ㄚˋ 剛才，剛在也

　抵者，至也。以時間的前

　後，表示之前之意

抵ㄉㄨˋ 好ㄏㄛˋ

　剛好，相抵之意。

　　註：┌ 拄ㄉㄨˋ →ㄘㄨˋ(ㄐㄨ)→ㄓㄨˋ
　　　　│ 以杖距地也。
　　　　└ 牴(觝)ㄉㄧˋ →ㄉㄧˋ
　　　　　　　　中古
　　　　　觸也。

磧ㄉㄝˋ 地ㄉㄝˋ

磧ㄉㄝˋ 石ㄐㄧㄛˋ 頭ㄊㄠˋ

　磧ㄉㄝˋ →ㄉㄥˋ →ㄉㄧˋ

　壓也、鎮也。

疊ㄉㄝˋ 年ㄋㄧˋ 錢ㄐㄧˋ

　(十五音) 指壓歲錢

　疊ㄉㄝˋ →ㄊㄟˋ(ㄅㄟˋ)→ㄊㄟˋ(ㄓ)

　壓著也

嘽ㄅㄠˋ。嘽ㄅㄠˋ。仔ㄚˋ 序ㄒㄧ

　(彙音) 漸漸地，慢慢來

啗ㄉㄚˋ 糙ㄘㄠˋ 食雜糧也

　啗ㄉㄚˋ (ㄉㄚˋ) → ㄉㄢˋ 食也

　中古 (仝啖、噉)

　糙ㄘㄚˋ →ㄘㄢˋ 粒也、

　雜也、以米和羹也。

鬥ㄉㄠˋ 腳ㄎㄚˋ 手ㄑㄧㄨˋ 幫忙也

底ㄉㄝˋ 細ㄙㄟˋ

　細ㄙㄟˋ →ㄙㄟˋ → ㄒㄧ

盹ㄉㄨˋ。龜ㄍㄨˋ 打盹也

　　註：┌ 疴ㄎㄧ →ㄐㄩ
　　　　│　　中古
　　　　└ 佝ㄎㄛˋ →ㄎㄨˋ
　　　　　音韻皆不合

擋ㄉㄨㄥˋ 未ㄇㄟˋ 住ㄉㄧㄠˋ 擋不住也

彈ㄉㄢˋ 雷ㄌㄨˋ 公ㄍㄨㄥˋ 打雷也

　彈 ┌ ㄉㄢˋ →ㄊㄢˋ →ㄊㄢˋ
　　　└ ㄨˋ →ㄉㄢˋ →ㄉㄢˋ

倒ㄉㄛˋ 彈ㄉㄨˋ 反彈也

點ㄉㄛˋ 著ㄉㄛˋ 墨ㄇㄤˋ 汁ㄐㄧㄚˋ

　黑ㄛ 點ㄉㄛˋ 紅ㄤ

　點ㄉㄛˋ →ㄉㄛˋ →ㄉㄨˋ

顏色暈開也、感染也。

刁ㄊㄠ（ㄉㄠ）故ㄍㄜˋ意ㄧˋ

刁ㄊㄠ（ㄉㄠ）工ㄍㄤ

刁ㄊㄠ（ㄉㄠ）古ㄍㄜˇ董ㄉㄤˇ

刁ㄊㄠ→ㄉㄠ→ㄉㄠ

撞ㄉㄥˊ著ㄉㄜ˙、撞ㄉㄥˊ球ㄍㄡˊ

撞ㄉㄥˊ→ㄓㄨㄤ
中古

瞪ㄉㄥˇ乎ㄏㄜ住ㄉㄠˇ盯住也

瞪ㄉㄝˋ→ㄉㄥˇ→ㄉㄥ（ㄔㄥˊ）直視

盯ㄉㄝˋ→ㄊㄥ→ㄉㄥ直視也

瞠ㄉㄝ→ㄊㄥ→ㄔㄥ（義同）

竹ㄉㄥ˙篾ㄇㄧ˙仔ㄚˋ竹片也

篾ㄇㄧ˙→ㄇㄢ˙→ㄇㄧˋ

廚ㄉㄜˇ子ㄐㄧˋ廚師也

滴ㄉㄧ˙嘀ㄉㄠ˙龜ㄍㄨ天牛也

度ㄉㄜˊ晬ㄗㄝˋ小兒滿周歲也

晬ㄗㄝˋ→ㄙㄨㄝˋ（ㄙㄨㄧˋ）→ㄘㄨㄟˋ
（十五音）

清和潤澤也，目清明也。

到ㄉㄜˋ手ㄑㄨˋ香ㄆㄤ

退癀藥草也

茶ㄉㄝˇ鈷ㄍㄜˋ茶壺也

鈷ㄍㄜˋ鏻ㄌㄥˋ熨斗也

斷ㄉㄥˊ線ㄙㄨㄚˋ綷ㄗㄝˊ

綿線斷，以致布邊鬆了。

綷ㄗㄝˊ→ㄙㄝˊ→ㄗㄚˋ

綷ㄗㄝˊ去ㄎㄧˋ

綿線鬆散了。

代ㄉㄞˊ誌ㄐㄧˋ事也，指事情也。

（一）佮ㄍㄚ˙（ㄍㄚ˙）你ㄌㄧˋ甚ㄙㄚˋ
代ㄉㄞˊ誌ㄐㄧˋ
干ㄍㄢ卿ㄎㄥ底ㄉㄧˋ事ㄙㄨˊ
（ㄒㄧˊ）
跟你啥事也。

（二）佮ㄍㄚ˙（ㄍㄚ˙）你ㄌㄧˋ甚ㄙㄚˋ
誌ㄐㄧˋ（ㄉㄧˋ）代ㄉㄞˊ
代誌，誌代也。
事唸成ㄉㄞˊ，非也。

㽀ㄉㄝˋ米ㄅㄧˋ　袋ㄉㄝˊ米ㄅㄧˋ也，裝米也。

㽀，盛物於器也

㽀ㄉㄝˋ→ㄉㄨˋ→ㄓㄨˋ
（彙音）

戧ㄅㄥˋ、眞ㄐㄣ 鎦銖必較也　　　戧ㄅㄥˋ、（中古）→ㄅㄥˇ

去

懺ㄊㄢ（ㄅㄢ）懂ㄊㄥˇ。
　言語舉止不正也

褪ㄊㄥ 褐ㄊㄝ·
　露體也，脫去上衣也

褪ㄊㄥ 腹ㄅㄤ· 褐ㄊㄝ·
　脫去上衣裸腹也

　褪ㄊㄥ →ㄊㄟˋ →ㄊㄢˋ
　　脫去衣物也

　褐ㄊㄝ· →ㄊㄥ· →ㄒㄥ
　　裘之上衣也，脫去上衣也

袒ㄊㄢˇ 褐ㄊㄝ·
　義同褪褐

　袒（襢）ㄊㄢˇ →ㄊㄢˋ
　　　　中古
　　裸露也

敨ㄊㄠˇ 索ㄙㄝ· 解繩也
　敨ㄊㄠˇ →ㄅㄠˇ →ㄅㄡˋ 展也

敨ㄊㄠˇ 氣ㄎㄨˋ 喘氣也

佂ㄊㄢ·（ㄑㄢ·）丁ㄊㄜ
　迢迌、迌迌，遊玩也

佂ㄊㄢ·（ㄑㄢ·）→ㄑㄥˋ→ㄔ
丁（ㄊㄜ）→ㄑㄜˋ→ㄔㄨ

土ㄊㄜˇ 塯ㄆㄥ。土塊也
　塯ㄆㄥ。→ㄆㄥˋ→ㄅㄥˋ

塡ㄊㄢˋ 土ㄊㄜˇ
　塡ㄊㄢˋ →ㄊㄢˋ →ㄊㄢˇ

淾ㄊㄢˋ 開ㄎㄨ
　滲透開也、散開也、漫開也。

　淾ㄊㄢˋ →ㄊㄢˋ →ㄊㄢˋ

撩ㄊㄠˋ 草ㄘㄠˇ（彙音）鋤草也
鋤ㄊㄜˊ（ㄅㄥˊ）頭ㄊㄠˊ
　鋤ㄊㄜˊ →ㄅㄥˊ →ㄔㄨˊ
　鋤頭辛（鏵）ㄎㄢ
　鋤頭槞ㄐㄩ →ㄐㄢ 槞，樺也
　　　　中古
吒ㄊㄤ。叱ㄊㄝ·
　吒ㄊㄤ。→ㄘㄝˋ（ㄘㄚˋ）→ㄓㄚ
　叱ㄊㄝ· →ㄑㄥˋ →ㄔ
踐ㄊㄢˋ 踏ㄅㄚ。

踐ㄊㄧㄢ → ㄐㄧㄢ → ㄐㄧㄢ

頭ㄊㄠ 頤ㄍㄣ· 頤ㄍㄣ·

頭低下也

頤ㄍㄣ· → ㄅㄧ → ㄅㄣ

唸ㄊㄧㄢ 唸ㄊㄧㄢ 囀ㄊㄠ 囀ㄊㄠ

親蜜之語細也

滇ㄊㄧㄢ 茶ㄅㄝ

滇ㄊㄧㄢ → ㄅㄢ → ㄅㄢ 盛貌

趁ㄊㄢ 早ㄗㄚ

趁ㄊㄢ 食ㄐㄚ。

趁ㄊㄢ 趨ㄊㄠ 撮ㄏㄞ

趁ㄊㄣ → ㄊㄧㄣ → ㄔㄧㄣ

趨　　ㄊㄠ → ㄊㄤ

　　　中古

撮ㄏㄞ → ㄏㄠ → ㄨㄤ

浣ㄊㄢ 乎ㄏㄛ 清ㄑㄧㄣ 氣ㄎㄧ

浣乾淨也，洗濯乾淨也

浣ㄊㄤ（ㄊㄝ） → ㄙㄨㄝ → ㄕㄨ

屜ㄊㄛ· 子ㄚ 抽屜也

屜ㄊㄛ· → ㄊㄝ → ㄊㄧ

捭ㄊㄛ· 窗ㄊㄤ 子ㄚ 門ㄇㄥ

拉動窗戶也

捭ㄊㄛ· → ㄒㄧㄢ· → ㄓㄨㄞ

全拽，拉動也

托ㄊㄨ· 住ㄅㄠ

托ㄊㄨ· → ㄊㄛ· → ㄊㄛ

痛ㄊㄚ 疼ㄊㄤ

指關心照顧也

痛ㄊㄚ → ㄊㄛ → ㄊㄨ

疼ㄊㄤ → ㄅㄛ → ㄊㄛ

偎ㄊㄥ· 儻ㄊㄠ 卓異也

偎ㄊㄥ· → ㄊㄤ

　　　中古

儻ㄊㄠ → ㄊㄤ

忐ㄊㄢ 忑ㄊㄜ· 心情不安也

忐ㄊㄢ → ㄊㄢ

　　　中古

忑ㄊㄜ· → ㄊㄜ

歹ㄊㄞ 膏ㄍㄛ

歹ㄊㄞ 膏ㄍㄛ 涎ㄉㄧ 濁ㄌㄛ

指小兒髒ㄈㄣㄈㄣ，口流涎也。

歹ㄆㄞ → ㄅㄞ（ㄊㄞ） → ㄅㄞ

ㄅ、ㄊ爲聲母互轉音，

送氣之別也。

註：歹膏、驚人、凶蓋
蓋、落（）屑。
以上皆形容髒兮兮也。

糖 合（喞）

合 → → （）

ㄌ

女 紅（現代音）

女 → →

紅 ⎰ → → ⎱
　 ⎱ → → ⎰

犁 田

犁 → →

田 → →

臨 瞜 子

稍寐也，指時間短暫也。

瞜，目不展也。

努 力。

勉也，多謝也。

努 → →

力 → →

愞（軟）子（）

弱也，孺子也。

愞（軟） → →

呂 宋 頭

呂 → →

趔 趔 長

趔 → →

遠也、長也。

靈 聖

聖 → →

淋 水

淋 → →

蔫 去

草木失水也，物不鮮也。

蔫 → →

籠 床

床（） → →

搙 高 搙 下

搙，磨磋也。

搦 來 搦 去

倒 退 搦

厲 鵠。

厲ㄌㄚˋ鷂ㄏㄛ。鷹ㄥ 仔ㄚˋ 老鷹也

　厲ㄌㄚˋ（ㄌㄝ）→ ㄌㄧˉ → ㄌㄧˋ

　鷂ㄏㄛ。→ ┌ ㄧㄠˊ → ㄧㄠˊ
　　　　　└ ㄧㄠˊ → ㄧㄛˊ

橐ㄌㄛ· 子ㄚˋ 囊也

橐ㄌㄛ· 落ㄌㄛ。去ㄎˋ

　放進去袋子裏也

橐ㄌㄤ· 袋ㄉㄝˊ 子ㄚˋ 口袋也

　橐ㄌㄤ·（ㄌㄛ·）→ ㄊㄛˊ → ㄊㄨㄛˊ

攮ㄌㄤ· 鑽ㄗㄥˊ 鑽孔器也

　攮ㄌㄤ·（ㄌㄛ·）→ ㄊㄛˊ → ㄊㄨㄛˊ

彔ㄌㄤ· 空ㄎㄤ 鑽孔也

　彔ㄌㄤ· → ㄌㄛˊ → ㄌㄨˋ

躘ㄌㄤ· 衰ㄙㄨ

　仝落ㄌㄤ·衰ㄙㄨ也。

螣ㄌㄚˊ 腳ㄎㄚˋ 馬ㄇㄝˋ

　螣ㄌㄇㄚˊ → ㄌㄢˊ → ㄌㄢˊ

老ㄠˋ 夥ㄏㄛˋ 兒ㄚˋ

　夥ㄏㄛˋ → ㄏㄛ。→ ㄏㄨㄛˋ

屛ㄌㄢˊ 屌ㄐㄠˋ

　屛ㄌㄢˊ → ㄌㄢˊ → ㄌㄢˊ

屌　ㄐㄠˋ → ㄅㄠˋ

　　　　中古

註：卵ㄌㄢˊ 胞ㄆㄚˊ、卵ㄌㄢˊ 核ㄏㄨˋ。

那ㄌㄚˋ 會ㄝˊ 安ㄢ 呢ㄌㄝ。

　怎會這樣

揬ㄉㄛˊ 著ㄅㄛ· 撞著也

撂ㄌㄝ。衫ㄙㄚˋ 指預晾衣服也

　撂ㄌㄝ。→ ㄌㄥˊ → ㄌㄥˊ

　披ㄆㄨ 衫ㄙㄚˋ 晾衣也

挴ㄌㄤ。面ㄇㄢˊ 巾ㄍㄣˊ

　挴ㄌㄤ。→ ㄌㄤ·（ㄏㄛˊ）→ ㄋㄨ

　捻也

撩ㄌㄤ。物ㄇㄧ。件ㄍㄚˊ

　撩ㄌㄤ。→ ㄌㄥ。→ ㄌㄣ 抓取也

踐ㄌㄥˊ 一ㄐㄢˊ 下ㄝ

　踐ㄌㄥˊ → ㄌㄥˊ → ㄌㄢ 足踢也

　企ㄎㄧˋ 泅ㄒㄧㄨˊ，站立式游泳，

　兩腳得連續踐ㄌㄥˊ也。

簾ㄌㄧ。簷ㄐㄧㄢˊ 腳ㄎㄚˋ 屋簷下也

　布ㄅㄛˋ 簾ㄌㄢˊ

　簾ㄌㄧ。（ㄌㄧ）→ ㄌㄚˋㄇ → ㄌㄢˊ

撓ㄌㄠ 著ㄉㄜ˙

　撓ㄌ→ㄠ˙→ㄋㄠ屈也

　手ㄘㄨ撓著，手扭傷也

　目ㄇㄤ睭ㄐㄨ撓著，看錯了，
　看不準也。

殍ㄉㄠ˙ 殊ㄙㄠ˙ 博雅篇：

　歹也、死也、臨死畏怯
　也。

殍ㄉㄠ˙ → ┌ ㄍㄠ˙→ㄍㄨ
　　　　　│ ㄉㄠ˙→ㄅㄨ
　　　　　└ ㄏㄤ˙→ㄒㄩㄝ

殊ㄙㄠ˙→ㄙㄠ˙→ㄙㄨ

桍ㄎㄠ˙殍ㄉㄠ˙殊ㄙㄠ˙

　抓起來，收拾之意。

　桍ㄎㄠ˙→ㄍㄨ手柸刑具也。

舊ㄍㄨ殍ㄉㄠ˙舊ㄍㄨ殊ㄙㄠ˙

　非常破舊也

殍ㄉㄠ˙個ㄍㄜ˙殊ㄙㄠ˙個ㄍㄜ˙

　一群（些）沒有用的東
　西也。

觳ㄏㄢ。（ㄏㄤ˙）觫ㄙㄠ˙

　牛隻恐懼、畏懼也。

礪ㄌㄝ 抐ㄋㄝ

　礪、磨也，抐、抗也。

　厚ㄍㄠ礪抐，多所磨蹭也、
　那麼會磨蹭呀！

掓ㄘㄨ甲ㄍㄚ˙成ㄐㄧㄚ孔ㄎㄤ

捌ㄅㄝ甲ㄍㄚ˙成ㄐㄧㄚ孔ㄎㄤ

　挫傷破皮也。

浪ㄌㄤ漫ㄇㄢ

浪ㄌㄤ狃ㄌㄨ

　狃ㄌㄨ→ㄋㄨ狎習也、驕也。

羅ㄌㄜ啁ㄌㄝ（十五音）

　啁ㄌㄝ，音變也

搊ㄌㄨ圈ㄎㄠ

　拈ㄉㄚㄇ圈也、抽ㄊㄨ圈也、抽籤
　也。

　搊ㄌㄨ→ㄊㄨ→ㄔㄨ

　圈ㄎㄠ→ㄎㄨ→ㄐㄨ

縐ㄌㄨ著ㄉㄜ˙ 以繩套住也

縐ㄌㄨ豬ㄉ 以繩套抓豬也

剌ㄌㄚ˙破ㄆㄨ冊ㄘㄝ˙ 撕破書本也

剌ㄌㄚ˙→ㄌㄥ˙→ㄌㄜ削也、斷也

軟䏁

䏁 → → 瘠也

　　註：飼 → → 餌也。

鱸鰻

　　魚名，諧音指流氓

裂肱

　　形容挑重物過累也

　　肱 →

　　　中古

樂暢

　　指安於享樂、而不認真

　　做事也。

　　暢 → →

若有若無

　　假如有或無，好像有或

　　無也。

　　若 →

　　　　　→

　　　　　→ （ ）

　　般若 → →

若不、若不要也

不若、不止也

干若、只是、只有也

若是、若要

爱若哭、爱

若笑

爱若行、爱

若走

若多、若

少

若久

那有何有也、怎有也

那定何止也、豈止也

那有義同那有

那 → → （ ）

　　註：若與「那」通（借音）

　　　　若哭若笑

　　　　邊哭邊笑也

　　　　若行若看

　　　　邊走邊看也

　　　　若講若比

　　　　邊說邊指也

若ㄅㄚ 有ㄨ 若ㄅㄚ 無ㄇㄛ

邊有邊無也

儱ㄌㄜ 僮ㄙㄜ 行不正也

　儱ㄌㄜ →ㄌㄜ →ㄌㄨㄥ

　僮ㄙㄜ →ㄑㄜ →ㄔㄨㄥ

浪ㄌㄜ 蕩ㄉㄜ

　放ㄏㄜ 蕩ㄉㄜ

泥ㄌㄨ 土ㄊㄜ

泥ㄌㄛ 糊ㄍㄜ 粥ㄨㄞ（ㄇㄟ）

　爛泥巴也

窒ㄌㄣ 息ㄒㄧ 無法呼吸也

　窒ㄌㄣ →ㄐㄧㄣ →ㄓ

　息ㄒㄧ →ㄒㄧㄥ →ㄒㄧ

嚨ㄌㄜ 喉ㄠ 喉嚨也

零ㄌㄜ 剩ㄒㄧㄥ 錢ㄐㄩ

　零散錢也，一曰：

　闌ㄌㄢ 珊ㄙㄢ 錢ㄐㄩ

　闌珊，零落也

萊ㄌㄞ 菔ㄅㄜ 子ㄐㄩ

　荣ㄘㄞ 頭ㄊㄠ 子ㄐㄩ 也、

　蘿蔔子也。

離ㄌㄧ 離ㄌㄧ 落ㄌㄤ 落ㄌㄤ

　零零落落也

鐮ㄍㄚ 鑢ㄌㄜ。（中古）鐮刀也

埲ㄇㄧ 土ㄊㄜ 泥土陷足也

　埲ㄇㄧ →ㄅㄜ →（ㄅㄚ）

紮ㄌㄨ 錢ㄐㄩ 暫借錢也

　紮ㄌㄨ →ㄌㄜ 十黍為紮，

　中古　十紮為銖。

（此當動詞）

雷ㄌㄨ 公ㄍㄥ 爍ㄒㄧ 爤ㄌㄞ（ㄌㄞ）

　爍ㄒㄧ →ㄒㄧㄤ →ㄙㄨㄛ

　爤ㄌㄞ（ㄌㄝ）→ㄌㄟ →ㄌㄟ

　止火也、火斷也

　打雷加閃電也

註：爤ㄌㄚ 火焱不滅也（音義不合）

　皮ㄆㄛ 蛋ㄌㄢ（ㄌㄞ），爍ㄒㄧ

　爤ㄌㄞ（ㄌㄞ）

　去聲清濁之變也。

酢ㄌㄠ 醶ㄍㄞ 臉皮又皺又老也

　酢ㄌㄠ →ㄗㄢ →ㄓㄚ

　醶ㄍㄞ →ㄅㄚ →ㄋㄢ

趲 走

　趲 → → 走貌

雫 物。揉物也

　雫 → → （）

《

葵 笠。斗笠也

　笠 → →

割 · 耙

　割 → →

　耙 → →

工 課

　工 → →

　課　　（）→

　　　中古

螻 → →

（樓 → → 上古韻）

蟻 → →

嗅。嗅。叫

　嗅 → （）→

鳥雜聲也

鍥 · 子 砍柴具也

　鍥 → →

到 今如今、到現在也。

　今 囉、今 嘅

鸛 鵲 · 樓

　鸛 → →

　鵲 → → （）

　樓 → （）→

（讀中古音）

　現在呢？意指怎麼辦呢？

龜 夊

　夊 → → 行進貌

　夊　　（）→

　　　　中古

以後至也

　久 → →

行 散

　行 → →

　散 → （）→ （）

螻 蟻

時間長也

夕　　ㄒㄧˋ→ㄒㄧˋ　暮也

狡ㄍㄠˋ 怪ㄍㄞˋ 搞怪也

（中古發音）

狡ㄍㄚˋ→ㄍㄠˋ→ㄍㄠˋ

怪ㄍㄨㄞˋ→ㄍㄨㄞˋ→ㄍㄨㄞˋ

狡ㄍㄠˋ 逆ㄍㄝˋ。（混讀）

逆ㄍㄝˋ。→ㄍㄥˋ。→ㄋㄧˋ

　逆ㄍㄥˋ。子ㄗㄨ

焠ㄍㄨˋ 豬ㄉㄧ 腳ㄎㄚ

焠ㄍㄨˋ→ㄒㄩㄣ

　中古

綮ㄍㄥˋ 綰ㄍㄨㄢˋ

掛在孩童身上的銅錢串，

以保平安健康。

綮ㄍㄥˋ→ㄍㄨㄣˋ→ㄐㄩㄢ

綰ㄍㄨㄢˋ→ㄍㄨㄢˋ→ㄨㄢˋ

脫ㄊㄨ·綮ㄍㄥˋ（中古發音）

做十六歲成年禮也。

紽ㄍㄛˋ 紽ㄍㄛˋ 纏ㄉㄧˋ

紽ㄍㄛˋ→ㄉㄛˋ→ㄊㄨㄛˋ

　素絲五紽，意指纏繞也，

　歸ㄍㄨˋ 紽ㄍㄛˋ 也。

纏ㄉㄧˋ→ㄉㄧㄢˋ→ㄔㄢˋ

　縛也、繞也。

　註：坨ㄧˋ→ㄧˋ

　中古

　音義不合

綶ㄍㄛˋ→ㄍㄨㄛˋ

　義合、音不合

縞 ［ㄍㄛˋ→ㄍㄠˋ 音義不合 ／ ㄍㄚˋ→ㄍㄠˋ］

勾ㄍㄠˋ→ㄍㄡ 音義不合

膏ㄍㄛˋ→ㄍㄠˋ 義不合

紽ㄒㄨˋ→ㄈㄧˋ→ㄈㄛˋ

　音義不合

解ㄍㄝˋ 開ㄎㄞ

解ㄍㄝˋ→ㄍㄞˋ→ㄐㄝˋ

簕ㄍㄚˋ 仔ㄚˋ 店ㄉㄧㄢˋ 雜貨店也

鷄ㄍㄝˋ 鵤ㄍㄤˋ· 公鷄也

鷄ㄍㄝˋ 母ㄇㄨˋ 母鷄也

鷄ㄍㄝˋ 妹ㄇㄨˋ 剛成年母鷄也

妹ㄇㄨˋ→ㄇㄨㄢˋ（ㄇㄝ）→ㄇㄟˋ

鷄ㄍㄝˋ 毛ㄇㄥˋ 筅ㄒㄧㄥˋ 鷄毛撢子也

筅ㄒㄧㄥˋ→ㄒㄧㄢˋ→ㄒㄧㄢˋ

疛ㄉㄡˋ 絞ㄍㄚˋ 腹絞痛也，絞滾也。

慣勢　習慣姿勢也

　勢 → ㄙㄝ → ㄕ

趏腳　縮腳也

　趏 → ㄍㄨ ㄍㄨ → ㄑㄧㄠ

　　　（中古）足不伸也

纞筋

　纞（纞）（ㄍㄨ）→ ㄐㄨ → ㄑㄧㄡ

　　收束也

肝苦　甘苦也

撽乎開

　撽 → ㄍㄝ。（ㄍㄝ）→ ㄐㄧ

　　舉也

家私　工具也、家具也

交關　交易行為也

歸氣　全氣息也

　歸，整個、全也。

歸個

歸身軀

　整個身體也

記持　記憶力也

蕨貓・　蕨類，山菜也

骷髏

　骷 → ㄎㄨ

　髏 → ㄌㄡ

　　中古

枯槁

　枯 → ㄎㄨ

　槁 → ㄍㄠ

　　中古

生老病死槁

（中古發音）

骨・骼・

　骼・→ ㄍㄝ → ㄍㄝ

交剪　剪刀也

吉具　棉花也

甘棠　甘棠木也

狡蚤　跳蚤也

蟉蟻。　蟑螂也

　蟻。→ ㄐㄧㄢ → ㄐㄧㄝ

骹著。筋

（彙音）

　骹，曲屈於人也

幾ㄐㄧˋ 唔ㄚˊ 擺ㄅㄞˇ 好幾次也

　幾ㄐㄧˋ → ㄍㄧˋ → ㄐㄧˋ

　唔ㄚˊ → ㄏㄚˊ → ㄖㄛˊ

　　應聲也，敬言也

監ㄍㄚˊ 囚ㄒㄧㄡˊ 本指監中囚犯也，

　今喻身著髒亂也，或饞

　不擇食也。

　囚ㄒㄧㄡˊ → ㄒㄧㄡˊ → ㄑㄧㄡˊ

骾ㄍㄥˇ 脛ㄍㄥˊ 骨入喉中，指咽

不下也。

　骾ㄍㄥˇ → ㄍㄥˇ → ㄍㄥˊ

鯁ㄍㄥˇ 脛ㄍㄥˊ 魚刺梗喉，義同。

　鯁ㄍㄥˇ → ㄍㄥˊ

　　中古

驚ㄍㄧㄚ 蟄ㄉㄧㄥ。十二節氣之一

　驚ㄍㄧㄚ → ㄍㄧㄥ → ㄐㄧㄥ

　蟄ㄉㄧㄥ → ㄐㄧㄝ → ㄓ

ㄎ

輕ㄎㄧㄣ 分ㄈㄨˋ 愛計較也

　輕ㄎㄧㄣ → ㄎㄥ → ㄑㄧㄥ

涸ㄎㄛ 旱ㄨㄢˇ

　涸ㄎㄛ (ㄎㄛ) → ㄏㄛ → ㄏㄛ

　旱ㄨㄢˇ → ㄏㄢˇ → ㄏㄢˇ

　涸旱草，又名苦旱釘ㄉㄥ

　颱風草也。

涸ㄎㄛ 水ㄗㄨ 今音ㄎㄛ ㄗㄨ

氣ㄎㄨˋ 口ㄎㄠˇ

　氣ㄎㄨˋ → ㄎㄟ → ㄑㄧˋ

　敲ㄊㄠ 氣ㄎㄨ、喘ㄊㄨˇ 氣ㄎㄨㄟˋ

戛ㄎㄢ 多ㄗㄝ 戛ㄎㄢ 少ㄐㄧㄛ

戛，攝物多少也

　註：較ㄍㄤ → ㄍㄠ → ㄐㄧㄠ

相ㄒㄧㄡ 多ㄗㄝ 相ㄒㄧㄡ 少ㄐㄧㄛ

相，相對也

無ㄇㄛ 介ㄍㄞ 多ㄗㄝ 無ㄇㄛ

介ㄍㄞ 少ㄐㄧㄛ

　　多ㄗㄝ → ㄉㄛ → ㄉㄨㄛ

　　坐ㄗㄝ → ㄗㄛ → ㄗㄨㄛ

　註：濟　ㄗㄝ → ㄐㄧ

　　　　　ㄗㄝ → ㄐㄧ

　　　中古

以濟代多，義合音不
合。

齒ㄎㄞ 科ㄎㄜ

　齒ㄎㄞ → ㄑㄥ → ㄑㄧˊ

拎ㄌㄧㄠ 家ㄍㄝ 拎，把也、持也。

摼ㄎㄢ 頭ㄊㄠ

　摼ㄎㄢ → ㄎㄥ → ㄎㄥ

　敲ㄤˋ(ㄤˋ) 頭ㄊㄠ

　　敲ㄎㄤˋ(ㄎㄤˋ) → ㄑㄩㄝˋ

哭ㄎㄠ 呻ㄎㄢ

　呻(ㄔㄢ) → ㄒㄧㄣ → ㄕㄣ

薅ㄎㄠ 草ㄘㄠ 拔去田草也

　薅ㄎㄠ → ㄏㄜ → ㄏㄠ

尻ㄚ(ㄍㄚ) 脊ㄐㄚˋ 骿ㄆㄠˋ 脊背也

　尻ㄎㄚ(ㄍㄚ)(ㄎㄜ) → ㄎㄚ → ㄎㄠ

　脊ㄐㄚˋ(ㄐㄢˋ) → ㄐㄚˋ → ㄐㄥ

　　腰ㄧㄠ 脊ㄐㄚˋ 骨ㄍㄨˋ

　　龍ㄌㄥ 脊ㄐㄢˋ

尻ㄎㄚ(ㄍㄚ) 川ㄔㄥ 頭ㄊㄠ 腰臀間也

尻ㄚ(ㄍㄚ) 川ㄔㄢ 髀ㄆㄠˋ 屁股也

　髀(ㄆㄨㄝ) → ㄅㄟ → ㄅㄞ

曲ㄎㄠ 傴ㄍㄨ 背曲也

彎ㄨㄢ 曲ㄎㄠ

曲ㄎㄠ(ㄎㄥˋ) → ㄎㄛˋ → ㄑㄩ(ㄑㄩ)

傴ㄨˋ 僂ㄌㄠ 曲背也

傴 ┌ ㄨˋ → ㄧ → ㄩˋ
　└ ㄨ(ㄍㄨ) → ㄎㄧ → ㄑㄩ

僂ㄌㄠ → ㄌㄜ → ㄌㄡ

佝ㄎㄜˆ 僂ㄌㄜ 軟骨病也

　佝ㄎㄜˆ → ㄎㄡ

　　中古

攲ㄎㄧ 一ㄐㄧ。 弲ㄅㄥ

斜而未倒，斜一邊也。

　攲ㄎㄧ → ㄍㄧ → ㄐㄧ

弲 ┌ ㄅㄥ → ㄅㄢ → ㄆㄢ
　├ 字彙・蒲閑切
　│　　　　　（上古韻）
　├ （閑ㄥˋ → ㄏㄢˇ → ㄒㄧㄢˇ）
　└ ㄑㄨˋ(ㄑㄠˋ) → ㄑㄤˋ → ㄑㄤˇ

抾ㄎㄜˋ 拾ㄒㄧㄇ。 不浪費，節儉
也。抾，拾也。

齒ㄎㄞ 拓ㄊㄜˋ

　拓ㄊㄜˋ → ㄊㄛˋ → ㄊㄨㄛˋ

　　中古

看ㄎㄨㄢˋ 人ㄌㄤˊ 曶ㄆㄨ 曶ㄆㄨ

曶ㄆㄨ → ㄅㄨㄟ → ㄈㄟˋ

目不甚明也

抙ㄎㄜˋ 著ㄉㄜˋ·

抙ㄎㄜˋ → ㄎㄜ。(ㄎㄚ) → ㄎㄚˋ

抗也，磨擦抵抗也。

愞ㄎㄜˋ 愞ㄎㄜˋ 心緊也

愞ㄎㄜˋ → ㄏㄜ → ㄒㄜ

（十五音）

心ㄒ㆐ 內ㄌㄞ 愞ㄎㄜˋ 愞ㄎㄜˋ

心中不暢也

瘑ㄎㄨㄟ 腳ㄎㄚ 瘑ㄎㄨㄟˋ 手ㄑㄨˋ

手足屈病也

瘑ㄎㄨㄟ → ㄎㄨㄢ → ㄑㄨㄢ

揩ㄎㄞˋ 著ㄉㄜˋ·

揩ㄎㄞˋ → ㄎㄞ (ㄎㄞ) → ㄎㄞˋ

（十五音）

磨也、擦也、碰也

撞ㄎㄞ 著ㄉㄜˋ·，撞ㄎㄞ 觸也

（十五音）

搿ㄎㄜˋ·來ㄌㄞˊ 搿ㄎㄜˋ·去ㄎㆰˋ

擠來擠去也

搿ㄎㄜˋ· → ㄎㄥˋ· → ㄎㄜˋ 夾也

相ㄒㄜˋ 搿ㄎㄜˋ· 相擠也

箍ㄎㄜ 一ㄐㄣ。軒ㄌㄢˋ

束一圈，引申為繞一圈

也。

四ㄒㄧˋ 箍ㄎㄜ 輾ㄌㄢˋ 轉ㄉㄥˋ

繞四周而轉，比喻到處

也。

這一ㄐㄣ· 箍ㄎㄜ 繕ㄉㄜˋ（兒ㄚˋ）

（連音）引申這附近也

繕ㄉㄜˋ → ㄉㄥ 纏也

中古

箍ㄎㄜ 桶ㄊㄤˋ

裝米或番薯籤的大木桶

园ㄥˋ 在ㄉㄧ 心ㄒ㆐ 內ㄌㄞ

放在心裏也

园ㄥˋ 乎ㄏㆦˋ 好ㄏㄜˋ 放好也

腳ㄚ 後ㄠˊ 骭ㄉㄜ（ㄅㄜ）

足後跟也

跟ㄍㄥ → ㄍㄨ → ㄍㄣ

脛ㄍㄥ → ㄏㄜ → ㄏㄣ（全跟）

骭ㄉㄜ（ㄅㄜ） → ㄊㄜ → ㄊㄥ

子ㄎㄞˋ· 孒ㄎㄞˋ· 蚊子幼蟲也

　子ㄎㄞˋ· → ㄐㄧㄝ

　孒ㄎㄞˋ· → ㄐㄧㄝ

　　中古

肟ㄎㄛˋ 頭ㄊㄠˊ 自大也

　肟ㄎㄛˋ → ㄎㄛˋ → ㄎㄜˋ

　（十五音）

　註：頏ㄎㄛˋ 傾頭而視也

快ㄎㄠˋ 活ㄨㄚˋ。

　快ㄎㄠˋ → ㄨㄞˋ → ㄎㄨㄞˋ

罨ㄎㄚˋ· 住ㄅㄠˋ 蓋住也

　罨ㄎㄚˋ· → ㄚˋ· → （ㄏㄜ）

蔌ㄎㄢˋ 香ㄆㄤ 炙香也

　蔌ㄎㄢˋ → ㄑㄧˋ

　　中古

　蒿蔌，青蒿也。

　香中炙啖者為蔌。

崅ㄎㄠˋ 軏ㄎㄠˋ 高下不平也。

　崅ㄎㄠˋ → ㄎㄤ

　　中古

　軏　[ㄎㄠˋ → ㄑㄠˋ
　　　　ㄍㄠˋ → ㄑㄠˋ]

軏ㄍㄠˋ 軏ㄏ 不安也

　軏ㄏ → ㄒㄩ

崅ㄎㄠˋ 腳ㄎㄚ 軏ㄎㄠˋ 跌足也，四腳朝天也。

憨ㄏㄚˋ 憨ㄏㄚˋ 大頭呆，別亂來也。

　憨ㄏㄚˋ → ㄏㄚˋ → ㄏㄢˋ 癡也

　悾ㄎㄥ 憨ㄏㄚˋ 無知也

　憨ㄏㄚˋ 神ㄒㄧㄣ

　憨ㄏㄚ 慢ㄇㄢˋ 憨，癡也

　　中古　　慢，惰也

　註：頇顢音義不合

蓋ㄎㄚˋ 蓋ㄍㄚˋ 蓋蓋子也

蓋ㄎㄚˋ 頭ㄊㄠˊ 蓋ㄎㄚˋ 面ㄇㄢˋ

奅ㄆㄠˋ 奅ㄆㄠˋ 叫ㄍㄜˋ

（彙音）咬牙聲也。

嶄ㄎㄚˋ 嶄ㄎㄚˋ 硈ㄎㄢˋ 硈ㄎㄢˋ

　山路崎嶇不平也。

　嶄ㄎㄚˋ → ㄎㄢ 不平貌

　　中古

　硈ㄎㄢˋ → ㄎㄢˋ· → ㄑㄚˋ

　　石堅也

詼ㄎㄨㄟ 諧ㄏㄞˊ（中古）戲謔也

　笑ㄑㄛˋ 詼ㄎㄨㄟ 笑話也

起ㄎㄧˋ 捐ㄇㄛ˙ 起持懷抱之心

　也，指情緒、感覺也

　捐 ㄇㄛ˙ → ㄇㄛˋ → （ㄇㄛˊ）

　　懷抱也、持去也

　　ㄞ。→ ㄞㄨㄢ → ㄐㄝ

　　折也、動也

起ㄎ、捐ㄇㄛ 醜ㄞ（穩ㄨ）

情緒不好也

起ㄎ 捐ㄇㄛ 鉼ㄤ 感覺好也

　鉼ㄤ → ㄏㄥ → ㄒㄥ 鈴也

扣ㄚ 電ㄉㄢˋ 話ㄨㄝˋ 打電話也

　扣ㄎㄚˋ（ㄎㄠ）→ ㄎㄛˋ → ㄎㄨ

　　擊也

叩ㄎㄛ 首ㄒㄧㄡ 叩頭也

　叩ㄎㄛˋ → ㄎㄛˋ → ㄎㄡ 擊也

瓦

龍ㄤㄥ 眼ㄤㄥ

　龍ㄤㄥ（ㄉㄥ）→ ㄉㄛㄥ → ㄉㄨㄥ

　眼ㄤㄥ → ㄤㄢ → ㄧㄢ

礙ㄤㄞ。膅ㄤㄛ。

　礙ㄤㄞ → ㄤㄞ → ㄞ

　膅ㄤㄛ → ㄦㄤ → ㄖㄨㄛ

　有所妨、有所阻也，不舒

　適也。

牛ㄤㄨ 蒡ㄅㄚ（ㄅㄨ）蓁ㄗㄤ

　草名、藥名，牛樟草也。

舉ㄤㄚ。手ㄑㄨ

舉ㄤㄚ。→ ㄍㄟ → ㄐㄩ

手ㄑㄡ → ㄒㄡ → ㄕㄡ

我ㄨㄛ 佮ㄍㄚ˙ 你ㄌㄧ

我ㄨㄛ 和ㄏㄚㄇ 你ㄌㄧ

　和ㄏㄛˊ →｜ㄏㄛ → ㄏㄛ

　　　　　｜ㄏㄚㄇ → ㄏㄢ

我ㄨㄛ 你ㄌㄧ 囇ㄌㄝ

　我你如何呀！

註：哇ㄨㄚ 哩ㄌㄧ

　語音不合

筴ㄤㄝ。子ㄚ（名詞）

筴 茶（動詞）

　筴 → ㄍㄚ → ㄐㄚ

夾（ㄚ）住

　夾 → ㄚ（ㄍㄚ）→ ㄐㄚ

骹頭、頭骹 骹 骹

　看起來椎椎貌

　骹 → ㄚ → ㄋ 骨瘦貌

　全髁骹 → ㄍㄚ → ㄐㄢ

哯 乳

　哯 → ㄏㄢ → ㄒㄢ 癮也

　未（ㄇ）哯 不要也，

　　不會上癮也。

髐 一ㄐㄢ 下ㄝ

　形容身體扭曲搖擺也。

　髐 → ㄌㄠ（ㄏㄠ）→ ㄋㄠ

　　體態不正也。

　註：躶 身動不正、（彙

　　音）體怠也

夯 枷 扛起枷鎖，意指

　事情繁重也。

煙 水 灼鐵焠水也

　煙 → ㄍㄢ → ㄐㄢ

衝 衝 衝 弄

　衝 → ㄧㄚ

　　中古

　衝 → ㄊㄥ

　衝 → ㄒㄤ

　弄 → ㄌㄤ → ㄌㄠ → ㄋㄨ

　胡同巷弄也

卬 要·將要也

　卬 → ㄑㄩ 勞也

卬 要· 脛· 落 去

　脛· → ㄌㄥ（ㄌㄢ）→ ㄓ 屈也

　身無力而彎曲也

蟯 蟯 趖

蟯 震動

　蟯 → ㄠ（ㄠ）→ ㄐㄧ

　　蟲行貌

嗷 嗷 叫

　嗷 → ㄠ → ㄐ 眾聲也

噪 噪 叫

　噪 → ㄠ → ㄠ 叫也

迎 王

　以五王爺為主的迎神賽會。

迎媽祖

　以媽祖婆爲主的迎神賽會。

迎迓　迎來送往也

　迎→ㄋㄥ→ㄥ

　迓→ㄚㄝ→ㄚ

顢（憨）顢顢

　大頭呆，不知好歹也。

　顢→ㄆㄠ→ㄍㄤ（ㄗㄤ）

顢頭顢面　愚也

　悾悾　顢顢

顢　愚

顢牛也，笨牛也。

愣　去　愣住也

　愣→（ㄌㄥ）→ㄌㄥ

牛极　以柴棍插地者，以拴牛也。

　极→ㄎㄧ→ㄐㄧ

釘极子　釘木棍也

牛牨　牛公也，強壯的公牛也

　牨→ㄍ　原指水牛也

　　中古

厂

歇倦　休息也

歇一倦

　歇→ㄏㄢ→ㄒㄝ

　倦→ㄍㄨㄢ→ㄐㄩㄣ

　一倦頭　一口氣也

跰過　跨過去

　跰→ㄏㄚ→ㄒㄢ

跰烏　由黃昏跨入黑夜，天色漸暗，黑夜將來臨也。

鱟檵飯篱

　摝荣盛飯之具

　摝→ㄐㄚ

雨溦兒（溦溦兒雨）

　微微細雨也

　溦→ㄇㄧ→ㄨㄟ

雨毛兒（毛毛兒雨）

　濛濛細雨也，毛毛雨也。

　毛→（ㄇㄛ）→ㄇㄛ→ㄇㄠ

瓳ㄏㄨㄜˊ 面ㄇㄧㄢˋ

　瓳ㄏㄨㄜˊ → ㄏㄨㄜˊ → ㄏㄨˊ
　　　　　　　ㄗㄨㄣˋ → ㄨ

嘘ㄏㄚ 唏ㄏㄧ（歔欷）

喝ㄏㄚ˙ 噦ㄏㄧ 呵欠也

硞ㄤ 筥ㄅㄤˊ 古時意見箱也，
　以瓦、竹成受錢器也。心
　內硞筥，心裏有意見也。

　硞ㄤ → ㄒㄤ
　　中古
　筥ㄅㄤˊ → ㄊㄨˊ

曩ㄏㄠˊ 時ㄒㄧ 往時也

　曩ㄏㄠˊ → ㄏㄤ → ㄒㄤ

搇ㄏㄧㄣ 韆ㄎㄧ 鞦ㄨ 盪鞦韆也

丟ㄉㄢ˙ 屬ㄍㄤ。丟鞋（屨）也

瑕ㄏㄝ 玭ㄘ

　瑕ㄏㄝ → ㄏㄚ → ㄒㄧㄚ
　玭ㄘ → ㄘㄨ → ㄓˇ（ㄘ）

靴ㄏㄚ 管ㄍㄠ（混讀）雨鞋也

　靴ㄏㄚ → ㄏㄚ → ㄒㄩㄝ
　男ㄉㄤ 穿ㄒㄧㄥ 靴ㄏㄚ

女ㄉㄨ 戴ㄉㄟ 髻ㄍㄝ

意指男人腳足腫，女人頭
面腫，慢性疾病，預後不
良也。

髻ㄍㄝ → ㄍㄝ → ㄐ 女冠也

海ㄏㄞ 墘ㄍㄧˋ、崁ㄎㄧㄇ 墘ㄍㄧˋ

墘ㄍㄧˋ → ㄎㄧㄢ → ㄑㄧㄢ 邊也

炠ㄏㄚ˙ 火ㄏㄨㄝ

炠ㄏㄚ˙ → ㄏㄧㄚˇ → ㄒㄧㄚ 火乾也、火
迫也。

好ㄏㄠ 佳ㄍㄚ 哉ㄗㄞ
　（十五音）

赴ㄆㄨ 未ㄇㄝ 著ㄉㄜ。

　未ㄇㄝ 赴ㄆㄨ　趕不上也
　赴ㄆㄨ → ㄆㄨ 趕上也
　　中古

薗ㄩㄇ 莦ㄒㄠ 花ㄏㄨㄝ
（十五音）

　薗ㄩㄇ → ㄏㄧㄇ → ㄏㄧㄣ
　莦ㄒㄠ → ㄒㄠ → ㄒㄠ

即含ㄏㄚ 笑ㄑㄠ 花ㄏㄚ，含羞草

花也

儔ㄏㄠ 俳ㄅㄞ（ㄅㄞ）

　中古

儔，傲也

俳，不莊重也

註：囂，喧鬧也

放ㄏㄨㄥ 送ㄙㄨㄥ　廣播也

　放ㄅㄤ → ㄏㄤ → ㄈㄤ

　送ㄙㄨㄥ → ㄙㄤ → ㄙㄨㄥ

花ㄏㄨㄟ 矸ㄍㄢ　花瓶也

戶ㄏㄜ 磴ㄉㄥ　指門檻也

　磴ㄉㄥ → ㄉㄥ → ㄉㄥ

　阪巷或小阪也

烘ㄏㄤ 麩ㄆㄨ（糫）

　麩ㄆㄤ → ㄆㄠ → ㄆㄥ

　煮麵使其發也

　註：麭ㄆㄠ → ㄆㄠ 餌也

　　中古

後ㄏㄠ 生ㄙㄝ

　後ㄏㄠ（ㄏㄜ）→ ㄏㄜ（ㄏㄜ）

　→ ㄏㄡ

　生ㄙㄝ（ㄔㄣ）→ ㄒㄥ → ㄕㄥ

註：孝ㄏㄠ → ㄒㄠ

　　中古

　后ㄏㄜ → ㄏㄡ（中古、後 與后通）

雨ㄨ 襏ㄇㄨㄚ　雨衣也

　襏ㄇㄨㄚ → ㄇㄢ → ㄇㄢ

　長衣以披之也

　註：慢ㄇㄢ → ㄇㄢ 音不合

　　中古

　披（ㄆㄨ）→ ㄆㄧ → ㄆㄧ

　散也、開也、分析也

　轉韻不合

痎ㄝ 齁ㄍㄨ　哮喘也

　痎ㄝ → ㄏㄠ → ㄒㄠ 瘷也

　齁　ㄍㄨ → ㄏㄡ 鼻息也

　　中古

　註：疴ㄎ → ㄐ 音韻不合

　　中古

活ㄏㄨㄚ 潑ㄆㄛ（中古發音）

　活ㄏㄨㄚ → ㄏㄨㄢ → ㄨㄛ

　潑ㄆㄛ → ㄆㄢ → ㄆㄛ

橫ㄏㄨㄥ 貫ㄍㄨㄢ

　橫ㄏㄨㄥ（ㄨㄞ）→ ㄏㄥ → ㄏㄥ（ㄥ）

貫 → →

貫牛鼻

穿牛鼻也

嘟多　那麼多呀！

嘟 → → 聲也

註：額（ ）→ →

　　金額。

　　額仔頭

　　額頭也

好譽。好聲譽，指富人也。

凶蓋蓋　髒也

凶者，髒也。蓋者，覆也。蓋蓋，語詞也。

譀古

譀註註

成譀

譀鏡　放大鏡也

譀 → 叫怒、誇張、中古誇大也。

註 → → 誤也、欺騙也。

ㄐ

一領衫　一件衣服

領 → →

一脬卵

脬，原指膀胱也

一搣　一手抓取也

搣，以手取物也

一匀　輪一回也

一蕾花　一朵花也

蕾 → 始花也

蕊 → 花心也

中古

一葩花

一葩火

一銑錢

銑 → → 五金之一

指一個銅板，代表一分錢也。

一 擎 長

一 鬲 長

一 抔

　抔 → → 抔土

一 下 子丫 一會兒

一 摔 子丫 摔，略也

一 絲 兒丫

一 點 兒丫

一 寡 兒丫 寡，少也

一 旦 兒丫

一 旦 久 兒丫

　旦，日出短暫也

一 倦 子丫 歇一倦也

一 目 瞤 兒丫

一 兜 瞤 兒丫

　瞤，兜著眼、目不展也

一 系 （綰）

　歸 系 整串也

　系 → →
　縣 → →

　捃 物 攝物也

綰 → →
捃 → → （）

寂 寞 （中古音）

胶 毾，屌也、膣

也、陰戶也。

成 嫋 （十五音）很美也

　註：婧 → 不敬也

　　　中古

成 黍 很累也

　　黍 →

　　　中古

足 勯 勯，夠累也，力

盡疲倦也

　　勯 → →

孬 勯 躺下休息也

石 砣 子丫 石磨也、輾

輪石也

　　砣 → →

　逆 砣 不順也

　　逆 → （）→

腫 頭 兒丫

腳ㄎ 踵頭兒，手ㄑ 踵頭兒（母指稱大頭母ㄇ）

踵ㄐ→ㄐ（ㄐ）→ㄓ（ㄓ）（仝踵），又足跟也

指ㄗ→ㄍ（ㄐ）→ㄓ

　手ㄑ指ㄗ、尾ㄇ指ㄗ小指也

　指ㄍ東ㄅ指ㄍ西ㄙ

　一ㄢ手ㄒ五ㄍ指ㄐ（中古音）

趾ㄐ→ㄓ足ㄐ趾ㄐ

咒ㄐ詛ㄗ　詛咒也

成ㄙ心ㄒ適ㄒ 很有趣也

成ㄙ有ㄨ才ㄗ調ㄅ

　才調，才情調性也、才氣也。引申爲很有辦法。

一ㄐ攤ㄊ

一ㄐ注ㄅ

　注ㄨ→ㄗ→ㄓ

一ㄐ瓣ㄇ

　瓣ㄇ（ㄅ）→ㄅ→ㄅ

一ㄐ尋ㄒ 八尺長之謂也，橫伸兩臂之距離也。

（十五音）

　尋ㄒ→ㄒ→ㄒ

這ㄐ時ㄒ

　這ㄐ→ㄗ→ㄓ

即ㄐ（ㄐ）馬ㄇ 即刻，立馬，指現在也。

　即ㄐ（ㄐ）→ㄐ→ㄐ

　　連音唸成ㄐㄇ

即ㄐ嬌ㄠ那麼美呀

　即，今也、立即也

　註：遮ㄐ（ㄝ）

　　　嗟ㄐ

　　語音皆不合

即ㄐ呢ㄋ仔ㄚ嬌ㄠ

　呢，不了也，語尾詞

　註：爾ㄌ（ㄦ）語音不合

鳥ㄐ弢ㄆ仔ㄚ 彈弓也

　弢ㄆ→ㄅ→ㄅ弓而伸直也

精ㄐㄚ 猴ㄍㄠ 精明、聰明也

不ㄇ 精ㄐㄚ 猴ㄍㄠ 反托詞，蠻聰明的

上ㄐㄨ 山ㄙㄨㄚ 落ㄌㄛ 海ㄏㄞ

上山下海也

上ㄐㄨ （ㄒㄛ）→ ⎡ ㄒㄤ → ㄕㄤ
　　　　　　　 ⎣ ㄒㄤ → ㄕㄤ

上ㄐㄨ 北ㄅㄤ 落ㄌㄛ 南ㄋㄚ

北上南下也

食ㄐㄚ 甜ㄉㄜ 配ㄆㄨㄝ 鹹ㄍㄚ

臭ㄘㄠ 鼻ㄆㄛ 鰜ㄌㄚ

鼻ㄆㄛ → ㄅㄥ → ㄅㄥ

鰜ㄌㄚ → ㄌㄚ → ㄌㄢ

食ㄐㄚ 鹹ㄍㄚ 配ㄆㄨㄝ 甜ㄉㄜ

臭ㄘㄠ 嘴ㄘㄨ 邊ㄅㄜ

屎ㄐㄨ 屄ㄙㄨ （彙音）

弄玩也、玩性也

ㄑ

齟ㄐㄡ 齬ㄡ、齒不相合也，喻語
言或意見不合也。

齟ㄐㄡ → ㄗㄨ

齬ㄡ、→ ㄩ

中古

拭ㄑㄣ 面ㄇㄣ 擦臉也

拭ㄑㄣ → ㄒㄣ → ㄕ

鵑ㄑㄜ 鷄ㄍㄝ 鵑，鳥發情也

嬲ㄑㄜ 哥ㄍㄝ 嬲，男性發情也

嬲ㄑㄜ 潮ㄉㄜ

一音嬲ㄌㄠ，擾也

註：嫐ㄏㄠ（嫐ㄏㄠ）

妖也，女不貞正也

撨ㄑㄠ 價ㄍㄝ 數ㄒㄠ

撨ㄑㄠ → ㄐㄠ → ㄑㄠ

撨ㄑㄠ 乎ㄏㄛ 好ㄏ 勢ㄙㄝ

竅ㄑㄥ 空ㄎㄤ

竅ㄑㄥ（ㄑㄥ）→ ㄎㄨㄥ → ㄎㄨㄢ

笑ㄑㄜˊ 頦ㄏㄞˊ 頦ㄏㄞˊ

　頦ㄏㄞˊ／ㄏㄨㄞˊ →〔ㄏㄞˊ→ㄏㄞˋ
　　　　　　　　　　　ㄏㄞˊ→ㄍㄞˊ〕

　註：哈ㄏㄞˋ→ㄏㄞˊ
　　　　中古
　　　嗤笑也、調笑也。音
　　　義不合

車ㄑㄧㄣ 畚ㄅㄨㄣˋ 斗ㄉㄠˇ 翻筋斗也

車ㄑㄧㄣ 跋ㄅㄨㄚˊ 反ㄅㄥ 指小孩戲
鬧之事或事情反覆不定
之舉。

擤ㄑㄥˇ 鼻ㄆㄧˇ 擤鼻涕也

　擤ㄑㄥˇ → ㄏㄥˇ → ㄒㄥˇ

宵ㄑㄜ 清ㄑㄥˊ 夜晚涼爽也

　宵ㄑㄜ → ㄒㄠ → ㄒㄠ

　清ㄑㄥˊ → ㄑㄥˊ → ㄑㄥ 冷也、寒
　也

　食ㄐㄧㄚ 清ㄑㄥˊ 飯ㄆㄥ
　　吃冷飯也

秤ㄑㄥˊ 采ㄘㄞ

以秤採之，則秤星隨意
也

淺ㄑㄢˇ 拖ㄊㄜ 子ㄚ　拖鞋也

親ㄑㄧㄣ 情ㄐㄧㄥˊ　親戚也

車ㄑㄧㄣ 夯ㄤˋ

　夯ㄤˋ → ㄏㄤ → ㄏㄤ

奢ㄑㄜ 侈ㄑㄧ

淌ㄊㄤˇ 淌ㄊㄤˇ 滾ㄍㄨˇ

　水勢大波貌

青ㄑㄥ(ㄑㄝ) 盲ㄇㄥˊ(ㄇㄝˊ)　目盲
也

　青ㄑㄥ(ㄑㄝ) → ㄐㄥ → ㄑㄥ

　盲ㄇㄥˊ(ㄇㄝˊ) → ㄇㄥˇ(ㄇㄥˊ) → ㄇㄤ

刺ㄑㄧˋ 查ㄗㄚ 某ㄇㄡˇ　凶女人也

生ㄑㄥ(ㄑㄝ) 狂ㄍㄨˋ　冒失也

生ㄑㄥ(ㄑㄝ) 脺ㄊㄨㄟˋ　指物之生
鮮也

青ㄑㄥ(ㄑㄝ) 翠ㄊㄨㄟˋ　指景之鮮
明也

ㄒ

吲ㄒㄧㄚˇ 人ㄌㄤ 食ㄐㄧㄚ

（十五音）以餌誘食也

註：吲通哂ㄒㄧ→ㄙㄞˋ

中古

相ㄒㄛ共ㄍㄤˊ　相ㄒㄧ同ㄉㄤˇ也，

　　共ㄍㄤˊ款ㄎㄨㄢˋ也。

相ㄒㄧ　迥ㄊㄤˋ

　　迥ㄊㄤˋ→ㄉㄛˋ→ㄅㄨㄥˇ

　　過也、達也

相ㄒㄛ爭ㄗㆤ

相ㄒㄛ諍ㄗㆤˋ

熟ㄒㄧㄥˇ似ㄙㆬˊ　熟識也

　　熟ㄒㄧㄥˇ→ㄒㄧㄠˇ→ㄕㄡˊ（ㄕㄨˊ）

媳ㄒㄧㆬ婦ㄅㄨ

　　媳ㄒㄧㆬ→ㄒㄧㄥˇ→ㄒㄧ

　　婦ㄅㄨ→ㄈㄨˋ→ㄈㄨ

序ㄒㄧ大ㄉㄚˋ　長輩也

秀ㄒㄧㄡ糈ㄒㄧ仔ㄚ　美糧也

　　註：一曰四ㄒㄧˋ饈ㄒㄧㄨ仔ㄚ

四種美膳也，音義較不合。

心ㄒㄧㆬ頭ㄊㄠ擎ㄍㄚˇ乎ㄏㆦ定ㄉㄧㄚˋ

註：掠ㄌㄧㄚˋ義同音不同

傷ㄒㄧㄛ重ㄉㄤ指超過負荷也

上ㄒㄧㄛˋ鮮ㄒㄧ　很新鮮也

　　鮮ㄒㄧ→⎡ㄒㄧㄢ→ㄒㄧㄢ
　　　　　　⎣ㄒㄧㄢˇ→ㄒㄧㄢˇ

俗ㄒㄧㄛˋ物ㄇㄧˋ　俗貨也

小ㄒㄧㄛ等ㄉㄥˋ一ㄐㄧㄣ下ㄝˋ

　　稍等一下也

剩ㄒㄧㄢ（ㄒㄧㆬ）一ㄐㄧㄣ下ㄝˋ

　　再過一會兒、再等待一會兒

籩ㄅㄧ籃ㄌㄚˇ　盛物竹器也

蟋ㄒㄧˋ蟀ㄙㄨㆩˋ仔ㄚ

　　蟋ㄒㄧˋ→ㄒㄧㄥˋ→ㄒㄧ

　　蟀ㄙㄨㆩˋ→ㄕㄨㄞ

中古

ㄗ

劁ㄗㄠ 斷ㄉㄨㄥ　斬斷也
　　劁ㄗㄠ → ㄗㄨㄢ → ㄘㄨㄢ
　　斷ㄉㄨㄥ → ㄉㄨㄢ → ㄘㄨㄢ
總ㄗㄨㄥˇ 貿ㄇㄠˋ　總攬也
　　貿ㄇㄠˋ → ㄇㄢˋ → ㄇㄠˋ
走ㄗㄠˇ 一ㄐㄧㄣ 畷ㄗㄨㄟ　走一遭、
　走一趟也
　　　一ㄐㄧㄣ˙畷ㄗㄨㄟ 來ㄌㄞ
　　　一ㄐㄧㄣ˙畷ㄗㄨㄟ 去ㄎㄟˋ
　　畷ㄗㄨㄟ → ㄗㄨㄟ˙ → ㄓㄨㄟ
　　田畦也、兩陌之間道也
走ㄗㄠˇ 迫ㄅㄞ 先ㄒㄧㄥ
走ㄗㄠˇ 頭ㄊㄠ 前ㄐㄧㄥ
　　跑第一也，跑前頭也
走ㄗㄠˇ 精ㄐㄧㄥ
　　頭腦不精光也，精神之精。
蹻ㄗㄨㄚ 腳ㄎㄚ
蹻ㄗㄨㄚˇ 土ㄊㄛ 腳ㄎㄚ
　　蹻ㄗㄨㄚˇ → ㄅㄢˇ → （ㄅㄢ）
促ㄗㄤˋ 造ㄗㄠˋ 有所打擾也
　　促ㄗㄤ → ㄑㄛ˙ → ㄘㄨˋ

鏃ㄗㄨ 面ㄇㄧㄢ 布ㄅㄛˋ
　　以手撢毛巾也
　　鏃ㄗㄨㄢ → ㄙㄨㄢ → ㄒㄧㄢˋ　轉軸也
　　註：拵ㄗㄨㄢ → ㄘㄨㄣ → ㄘㄨㄣˋ扭開
　　　　也、據也
作ㄗㄛ˙ 穡ㄒㄧㄥˋ　農作勞動也
　　作ㄗㄛ˙ → ㄗㄠ˙ → ㄗㄨ
　　穡ㄒㄧㄥ˙ → ㄒㄧㄥ˙ → ㄙㄥ
　　穀成可收，穡也
醉ㄗㄨㄟˋ 醲ㄋㄢ 醲ㄋㄢ
　　死ㄒㄧ、醲ㄋㄢ醲ㄋㄢ
　　醲ㄋㄢ → ㄇㄢ → ㄇㄢ
　　酒醉也、沈於酒也
站ㄓㄢˋ 節ㄐㄧㄝ˙分寸、節制也
舨ㄅㄢˇ 頭ㄊㄠ
舨ㄅㄢˇ 身ㄒㄧㄣ
　　舨（彙音）身搖也
搞ㄗㄤ 乎ㄏㄛ 住ㄓㄠ
　　搞ㄗㄤ → ㄅㄥ → ㄓㄨ　引也
搞ㄗㄤ 一ㄐㄧㄣ˙把ㄅㄝ 草ㄘㄠ

ㄘ

殠（臭）殖

食物產生油臭味也

殠 → →

殖 → →

殠 臊

殠 腥

殠 殕

生（）菰也

長黴菌也

殕 → （）→

荣 舖（十五音）

註：舖仝哺 ┌ → ┐
　　　　　 └ → ┘

臭 誕

臭 → →

誕 → → 放也

註：彈 → →

激圖也

彈子也

音同、義不同

臭誕、扯淡也，今誤成扯蛋。

伸 伸懶腰也

炊 飯

炊 → →

飯 → →

瀺 瀺 滴

瀺 → 水聲也

中古

鬠 鬚

鬠 → ┌ → 亂也、
　　　　　 不直毛
　　　　　 └ →

頭 鬃 如 髮 髮

髮 → → 髮亂也

洗 頭 鬃

洗 頭 毛

洗頭髮也

田 岸

田 岸 仔 墘

田 → →

岸 → →

拴乎便 準備好也

　拴 → 揀也

　　中古

田嬰（ ）蜻蜓也

創治 挑事也

嘴 衄（ ）（彙音）

篡位

　篡 → →

　逆而奪取也

唪魚刺

　口挑魚刺也

　唪 → → 吹也

出柙

　柙 → 獸檻也

　　中古

臭醶醶

　醶 → → 辛味也

ㄙ

甚麼

　甚（ ）→ → （ ）

　麼 ·（ ）→ （ ）→

　 （ ）（ ）

　註：什 → →

甚物

甚貨

甚物貨

　甚麼物件也

唪食 貪食、好食也

　唪 → →

嚌嬭

　小兒喜歡吸乳也，意為撒

　嬌也。

　註①嬭 → →

　　　中古有平聲及ㄞ韻

　　②乳 → →

　　　韻不合

　　③奶 → →

　　　皆仄聲、不合

　　④撒·賴

　　　韻及平仄皆不合

霎·雨 澈仔

霎霎 仔 雨

　　下小小雨也

註：雨 雲雲 雨聲也

西南 溟（彙音）

　　溟，滿水也。指西南氣
　　流，海水滿潮也。

西南 車

　　指西南氣流，一陣又一
　　陣風雨也。

西 暴 雨

　　常見於午後，太陽西下
　　時段的暴雨（屬地形雨）

　　暴 → →

　　拍 西 暴

　　　西暴雨前的打雷聲

　　海 西 暴

　　　午後起於海上的暴雨

使 目 尾
使 性 地

　　會 使

輵 鑿 鑿

順 續，須 索 也

引申爲順便也

續 → →

續 攤

唞 唞 叫
　　（彙音）竹聲也

嘲 嘲 叫

　　口嗽聲也、口咬物聲也

　　嘲（）→ → 嗽
　　也、吹也

使 序 使之有序，做事
很有序，安排得當。

使 配 使之匹配也。

　　使 ⎰ → →
　　　 ⎱ → →

獡 著 頂 腹 蓋

　　獡 → → 驚也、相
驚也

腹蓋，即胸坎，指心
坎裏也。

　　註：煞 著，收 煞
　　　　煞 → → 凶神也

煠 物，湯 煠

以湯煤物也

煤ㄕㄚ。 水ㄐㄠ 餃ㄍㄧˊ

　煤ㄕㄚ。 → ㄒㄧㄚ → ㄝ

搜ㄕㄞ 柴ㄘㄚˊ

搜ㄕㄞ 樹ㄑㄧㄨˋ 葉ㄏㄧㄜˋ

搜ㄕㄞ 梳ㄙㄝ

　一指柴梳，搜樹葉的耙

　子，亦稱柴耙。

　一指髮梳，亦稱頭毛梳。

　註：柴耙、刺ㄘㄧ·耙ㄅㄝˊ耙ㄅㄝˊ，

　　　今指女人凶貌。

搜ㄕㄞ 無ㄅㄜˊ 指摸不著頭緒也

搜ㄕㄞ 無ㄅㄜˊ 貓ㄅㄧㄠ 仔ㄚ 毛ㄇㄜˊ

　貓毛短，搜無也。

搜ㄙㄞ 查ㄗㄚ

　搜ㄕㄞ（ㄙㄞ）→ ㄙㄞ → ㄙㄨㄟ 索也、

　拿也

梳ㄙㄝ 頭ㄊㄠ，捋ㄌㄛ。頭ㄊㄠ 毛ㄇㄜˊ 也

　梳ㄙㄝ → ㄙㄝ → ㄕㄨ 理髮具也

　捋ㄌㄛ。 → ㄌㄨㄚ。 → ㄌㄛ 手按也、

　取也

衰ㄙㄝ 精ㄒㄧㄠ

孽ㄍㄧˊ。 精ㄒㄧㄠ、嘮ㄌㄠ 精ㄒㄧㄠ

甚ㄍㄞˊ 精ㄒㄧㄠ、無ㄅㄜˊ 甚ㄍㄞˊ 精ㄒㄧㄠ

路ㄌㄛˋ 用ㄧㄥ

精ㄒㄧㄠ 男女之精也

嘮ㄌㄠ 誇語也

　註：膮ㄒㄧㄠ、潃ㄒㄧㄨ、湭ㄒㄧㄨˋ 三字

　　　音皆不合

癖ㄒㄧㄠ 聲ㄒㄧㄚˇ

　癖ㄒㄧㄠ → ㄒㄧㄝ → ㄒㄧ 聲變也、散

　聲也

司ㄙㄞ 功ㄍㄧㄥ 唐朝司喪之官

　司ㄙㄞ（ㄒㄧ）→ ㄙㄞ → ㄙㄥ

細ㄙㄝ 膩ㄖㄧˋ 小心也

掃ㄙㄠ 帚ㄐㄧㄨ

桑ㄙㄥ 仔ㄚ 桑葚也

屎ㄙㄞ 礜ㄏㄤ。 屎池、廁所也

雪ㄙㄝˊ 文ㄇㄨㄣ 肥皂也，原自馬

來語

　雪ㄙㄝˊ（ㄙㄝ·）→ ㄙㄝ· → ㄒㄧㄝ

　文ㄇㄨㄣ（ㄇㄨㄣ）→ ㄇㄨㄣ → ㄨㄣ

揀ㄙㄞ· 出ㄘㄨ· 去ㄍㄜ

　挨ㄝ 揀ㄙㄞ· 推送也

揀 → →

散 赤 赤貧也、指貧窮
之人。

　散者，分離也、散布也。

赤者，赤膊、赤足工作也。

散 凶 亦指貧窮也

凶者，髒也、身體衣物
髒也。

帀

日頭旰（晏）

　旰，晚也、不早也。指太
　陽接近中午時分，上午準
　備收拾幹活了，時候不早
　也。

旰來 晚來也

日頭暗

　指太陽接近黃昏，黑夜即
　將來臨也。

熱著 中暑也

　熱 → →

　熻熱 悶熱也

歇熱 放暑假也

歇寒 放寒假也

足曬 日炎也，很炎
熱也。

至看覓

　至 → 以手探物也，
　　中古
　近求也。

　覓 → →

抓耙子

　中古

ㄚ

頷（頤）管

　頷顄也，脖子也。

　顄，頸也

腫頷

　引申爲很糟之事

阿ㄚ媽 祖母也

阿ㄚ姆ⅿ 伯母也
匣ㄍ 子ㄚ
　藏物之小箱也

匣 (ㄍㆵ ㄏㄚ) ㆲ → ㄚ → ㄒㄚ
頷ㆩ 胿ㄍㄨㄟ
　胿ㄍㄨㄟ → ㄍㄨㆤ → ㄍㄨㄟ

ㄛ

黑ㄛ 暗ㆲ 暝ㄇㄟ （ㄇㆤ）
　黑夜也
黑ㄛ 黔ㄎㄚ 黔ㄎㄚ
　黔ㄎㄚ → ㄎㄧㄚ → ㄑㄢ
黑ㄛ 煙ㄢ 黗ㄊㆲ
　黗ㄊㆲ → ㄊㄢ → ㄊㆲ
　黃黑也
黑ㄛ 白ㆤ 講ㄍㄥ 亂講也
烏ㄛ 說ㆤ·白ㆤ 道ㄉㄛ
（中古發音）
　胡說八道也
烏ㄛ 言ㄢ 濫ㄌㆲ 語ㄍ
（中古發音）
　胡言亂語也
烏ㄛ 枋ㄅㆭ 黑板也
烏ㄛ 黝ㄠ
　黝ㄠ → ㄡ 色不清也
　中古

黑ㄛ 白ㆤ 撼ㄏㄠ
　撼 (摵) ㄏㄠ → ㄏㄠ （ㄉㄠ） → ㄙㄠ （ㄘ）
黑ㄛ 白ㆤ 搿ㄍㄛ
　搿ㄍㄛ → ㄏㄛ （ㄋㆲ） → ㄋㄨ
黑ㄛ 面ㄅㄧㄣ 撈ㄌㄚ 挈 (擺)ㄅㄞ
　黑面琵鷺也
　撈ㄌㄚ → ㄌㄠ → ㄌㄠ 沈取也
　挈ㄅㆤ → ㄅㄞ → ㄅㄞ 撥也、掰
開也。
　撈挈，鷺琶也。
黑ㄛ 甕ㄤ 串ㄘㄥ
　串ㄘㄥ 仔ㄚ 魚ㆤ，黑鮪魚也
籚ㄛ 籃ㄋㄚ 竹器以息小兒也。
即提ㆤ 籮ㄋㄛ 仔ㄚ，搖籃也
　籚ㄛ （ㄠ） → ㄡ
　中古

ㄝ

會ㄝ 曉ㄏㄠ

　未ㄇㄢ（ㄇㄨ）曉ㄏㄠ

挨ㄝ 粿ㄍㄜ

　粿ㄍㄜ → ㄍㄜ → ㄍㄜ

狹ㄝ。 榆ㄩㄣ 榆ㄩㄣ

　狹ㄝ。 → ㄏㄚ。 → ㄒㄚ

　榆ㄩㄣ → ㄐㄢ → ㄐㄢ

下ㄝ 頷ㄞ 下巴也

　頷ㄞ ┌ ㄏㄞ → ㄏㄞ
　　　 └ ㄏㄞ → ㄍㄞ

萵ㄝ 苣ㄞ 萵苣也

　萵 ┌ ㄝ → ㄨㄛ
　　 └ ㄜ → ㄏㄠ

　　 中古

ㄞ

襁ㄞ 巾ㄣ

　背負小孩的長布巾

襁ㄞ （ㄐㄤ） → ㄍㄠ → ㄐㄤ

ㄠ

嘔ㄠ 紅ㄤ 吐血也

嘔ㄠ → ㄛ → ㄡ

紅ㄤ → ㄤ → ㄤ

拗ㄠ 蠻ㄇㄢ 不順從也、拗事也

　拗ㄠ → ㄠ

　　中古

朽ㄠ 木ㄇ。

朽ㄠ 肚ㄉ

朽ㄠ 屎ㄙ

　朽ㄠ → ㄏㄡ → ㄒㄡ

懊ㄠ 步ㄅ

懊ㄠ 惱ㄋㄠ

　懊ㄠ → ㄜ → ㄠ

ㄢ

安ㄢ 呢ㄋㄝ（ㄋㄜ）這樣也

尢

紅ㄤˊ 麶（麴）ㄎㄤˋ

　麶ㄎㄤˋ → ㄎㄥˋ → ㄑㄥˋ

偓ㄤˋ 促ㄗㄤˋ

齷ㄤˋ 齪ㄗㄤˋ 不潔也，意指心
情鬱悶也

　偓（齷）ㄤˋ → ㄗㄥˋ

中古

促（齪）ㄗㄤˋ → ㄑㄥˋ（ㄘㄥˋ）→
　ㄑㄥˋ

甕ㄤ∧ 肚ㄛˋ

　甕ㄤ∧ → ㄛ∧ → ㄨ∧

齆ㄤ∧ 鼻ㄅㄛˋ 鼻塞也

ㄥ

黃ㄨˊ 瘷ㄙㄣˊ

　面黃體弱也

一

淹ㄇㄇ 水ㄗㄠˋ

　淹ㄇㄇ → ㄧㄚ˜ → ㄧㄢ˜

　水ㄗㄠˋ → ㄘㄨˋ → ㄘㄨˋ

搧ㄢ。 手ㄑㄨˋ

搧ㄢ。 風ㄏㄛ

搧ㄢ。 葵ㄎㄜ（ㄎㄨㄝ）扇ㄒㄧ∧

　搧ㄢ。 → ㄒㄧㄢ∧ → ㄙㄢ˜

塕ㄛ 埃ㄚ 塵埃也、灰塵也

　烟ㄢ 坱ㄚ（彙音）

　塕ㄛ → ㄛ˜ → ㄤ˜

埃ㄚ → ㄞ → ㄞ

油ㄨˊ 垢ㄍㄜ

　垢ㄍㄜ → ㄍㄛ˜ → ㄍㄨˋ

圓ㄨ 子ㄚ 糉ㄘㄝ∧

粿ㄍㄝ（ㄍㄨ）糉ㄘㄝ∧

（十五音）

　糉ㄘㄝ∧ → ㄗㄠˋ → （ㄗㄨˋ）

敠ㄚ 出ㄘㄨˋ 去ㄏㄛ∧

敠ㄚ 粟ㄘㄜˋ 散播穀種也

　敠ㄚ → ㄧㄚ˜ → ㄧㄢ˜

以手散物也

潃ㄛˋ 來ㄌㄞ 潃ㄛˋ 去ㄎ

　海ㄏㄞ 湧ㄥ 潃來潃去

　海浪激聲也

　潃ㄛˋ（ㄛˋ）→ ㄌㄛˋ → ㄏㄛ

　　　（十五音）

飢ㄍ 飽ㄅ 呓ㄎ

　飢ㄍ → ㄍ → ㄐ 腹中不飽也

　註：┌ 餓ㄜˋ → ㄜˋ → ㄜˋ

　　　│ 飢也

　　　│ 飫 一ㄥ → ㄩ

　　　│ 　　中古

　　　│ 厭也、飽也。

　　　│ 枵 ㄏㄠ → ㄒㄠ

　　　│ 　　中古

　　　└ 虛也

鷓ㄢ 鶉ㄎ

　鷓ㄢ → ㄢ → ㄢ

鶉ㄎ → ┌ ㄊㄛㄣ → ㄔㄨㄣ
　　　　└ ㄉㄛㄣ → ㄉㄨㄣ

噎ㄣ 笳ㄎ 踧ㄒㄛ

　出聲氣停，欲用力而起也

　笳ㄎ → ㄎ → ㄎ 手足節鳴

　也

　　（十五音）

　踧ㄒㄛ → ㄔ 踏行也

　　中古

　笳ㄎ 踧ㄒㄛ 爲起而欲行貌

嫣ㄢ 投ㄠ 英俊也

　嫣，長美也、巧笑也。

一曰、緣投

緣，因循也、相契也、邊

也。

　（義較不合）

ㄨ

倚ㄚ 靠ㄎㄛ

　倚ㄚ → ㄧ → ㄨ

斡ㄢˋ 頭ㄠ

斡ㄢˋ → ㄚ（ㄜ）

　　中古

跦ㄞ 著ㄎㄛˋ 足跌也

跦ㄨㄞ → ㄉㄨㄟˋ（ㄉㄨㄟˆ）→ ㄉㄟˋ

腳ㄎ 踤ㄨㄞ 著

　　　（彙音）腳扭傷也

禾ㄨㄝ 茱ㄎㄞˆ

　禾ㄨㄝ → ㄏㄝˋ → ㄏㄝˋ

隱ㄣ 傴ㄍ

隱ㄣ 傴ㄍ 交ㄍ 倲ㄉㄠ 顥ㄋㄠ

　隱傴，駝背也

　倲顥，愚也

倲ㄉㄠ → ㄉㄨˋ 愚也

中古

穢ㄨㄝˆ 甲ㄍ˙ 歸ㄍㄨ 個ㄝˇ

污滿整個（片）也

穢ㄨㄝˆ → ㄨㄟ 污也

中古

畏ㄨ 描ㄋㄠ

　怕搔癢也

附：語詞雜記

(一)台南新市諺語

透早天罩霧，

烏鶖騎水牛，

順序(工)提茄薯，

後宅撿蓮霧。

註：(一)順序(工)爲「很自然的」之意，若解釋爲順

續，則爲順便之意。

(二)提。拿起、提起也。

(三)茄薯應寫成茭茝

草編之提籃也

茭→→

① 笅篰竹編之提籃也

② 茄茝芙蓉莖所編之提籃也

③ 葭織·葦莖所編織也

④ 加志　台灣地名所譯音者也

⑤ 茄→→（茄唸成，音轉也）

(四)撿　應寫成抾.或拾.

拾起也

㈤蓮ㄌㄢˇ霧ㄇㄨˋ　讀成ㄌㄢ（第一聲）ㄇㄨˋ

　馬來語所譯，原語音爲ㄇㄚ（ㄇㄚ）ㄅㄨ

㈡ 今旦日與今年

今ㄍㄧㄣ仔ㄚˋ日ㆠㄧ。　今日也、今天也

今ㄍㄧㄣ旦ㄨㄚˋ日ㆠㄧ。

　　　今ㄍㄧㄣ → ㍿ → ㄐㄧㄣ

　　　旦ㄨㄚˋ → ㄨㄚˋ → ㄉㄢˋ

　　　　↓

明ㄇㄧㄣˇ仔ㄚˋ早ㄗㄞ　明日也、明天也

明ㄇㄧㄣˇ旦ㄨㄚˋ日ㆠㄧ。

　　　明ㄇㄧㄣˇ（ㄇㆤˇㄇㄧㄚˇ）→ ㄇㄥˇ → ㄇㄥˇ

　　　　　明ㆤˇ年ㄋㄧˇ，清ㄑㄧㄥ明ㄇㄧㄚ

　　　早ㄗㄚ（ㄗㆤㄗㄞ）→ ㄗㄛ → ㄗㄠ　晨也，先也

　　　　↓

後ㄠˋ　日ㆠㄧ。　後天也

　　後ㄠˋ唸本音，日ㆠㄧ•語尾變調

　　　　↓

趒ㄉㄜˋ後ㄠˋ日ㆠㄧ。　大後天也

　趒ㄉㄜˋ →〔ㄔㄠˋ → ㄔㄠ　時程長也，超也

（十五音）〔ㄔㄤ• → ㄔㄧㄛ　遠也，行也

↓

來ㄌㄞˇ 日ㄖㄧㄣ。（以ㄧˋ後ㄠˊ）

↓

未ㄇㄧ 來ㄌㄞˇ

今ㄍㄧㄣ仔ㄚˇ 日ㄖㄧㄣ。（今ㄍㄢ旦ㄨㄚˋ 日ㄖㄧㄣ。）

↓

昨ㄗㄚ。昏ㄏㄥ　　昨日、昨天也

　　昨ㄗㄚ。→ ㄗㄠ。→ ㄗㄨㄛ

　　昏ㄏㄥ → ㄏㄨㄣ → ㄏㄨㄣ

↓

早ㄗㄛ　日ㄖㄧㄣ。　　前日、前天也

　　早ㄗㄛ唸本音，日ㄖㄧㄣ‧語尾變調

↓

趨ㄌㄜˊ早ㄗㄛ日ㄖㄧㄣ。　大前天也

↓

昔ㄒㄧㄥ‧ 日ㄖㄧㄣ。（以ㄧˋ前ㄐㄧㄥ，以ㄧˋ早ㄗㄚˋ）

↓

古ㄍㄛˊ早ㄗㄚˋ

今ㄍㄧㄣ年ㄌㄧㄢˊ

↓

明ㄇㄧㄝˊ年ㄌㄧㄢˊ

↓

後ㄠˊ 年ㄌㄧㄢˋ

↓

大ㄉㄨㄞ 後ㄠˊ 年ㄌㄧㄢˋ

今ㄍㄧㄣ 年ㄌㄧㄢˋ

↓

舊ㄍㄨˋ 年ㄌㄧㄢˋ　去年也

↓

前ㄗㄨˊ 年ㄌㄧㄢˋ

　　前ㄗㄨˊ（ㄐㄥˋ）→ ㄐㄢˊ → ㄑㄢˊ

　　前ㄗㄨˊ 唸本音，年ㄌㄧㄢˋ 語尾變調，唸成倒上ㄌㄤˊ（ㄌㄧㄢˋ）

↓

大ㄉㄨㄞ 前ㄗㄨˊ 年ㄌㄧㄢˋ

(三) 早起

早ㄗㄞˋ 起ㄎㄧˋ　早上也→透ㄊㄠˋ 早ㄗㄚˋ　早晨也、一大早也
天ㄊㄛ 早ㄗㄚˋ 時ㄒㄧˋ　天亮的時候
　（十五音）
於ㄝ 早ㄗㄞˋ　上午也 → 頂ㄉㄥˋ 晡ㄅㄨ　上午也
　　於ㄝ →ㄧ（ㄨ）→ㄩˊ

於ㄝ 晝ㄅㄠˋ 中午也 →｜ 中ㄉㄧㄡ 晝ㄅㄠˋ　　中午也
　　晝ㄅㄠˋ→ㄅㄨˋ→ㄓㄡˋ　｜ 透ㄊㄠˋ中ㄉㄧㄡ晝ㄅㄠˋ 正中午也
　　　　　　　　　　　　　｜ 晌ㄏㄤ 時ㄒㄧˋ　　正午也

於ㄝ 晡ㄅㄛ　下午也 → 下ㄝˋ 晡　下午也
於ㄝ 昏ㄏㄥ　黃昏也 → 黃ㄏㄠˋ 昏ㄏㄨㄣ

跍ㄎㄨ 烏ㄛ　由白天跨入黑夜也
於ㄝ 暗ㄚㄇˋ　晚上也→透ㄊㄠˋ 暗ㄚㄇˋ　整晚也
三ㄙㄚ 更ㄍㄝ (ㄍㄍㄝ) 半ㄅㄨㄚˋ 暝ㄇㄧˊ (ㄇㄝˋ) →透ㄊㄠˋ 暝ㄇㄧˊ　整夜也
　　深夜也、三更ㄐㄥ半夜也

(四) 一首小詩

憨ㄎㄚㄇ

鄭煌榮即興

白ㄅㄝ 癡ㄑㄧ、白ㄅㄝ 癡ㄑㄧ，憨ㄎㄚㄇ憨ㄎㄚㄇ、憨ㄎㄚㄇ憨ㄎㄚㄇ。
我ㄨㄨˋ 是ㄒㄧ、我ㄨㄨˋ 是ㄒㄧ，我ㄨㄨˋ 是ㄒㄧ 喜ㄏㄧˋ 憨ㄎㄚㄇ 兒ㄖㄧˋ。
喜ㄏㄧˋ 憨ㄎㄚㄇ 兒ㄖㄧˋ，臭ㄘㄠˋ 乳ㄌㄧㄛˋ 呆ㄅㄞ。
喜ㄏㄧˋ 憨ㄎㄚㄇ 兒ㄖㄧˋ，臭ㄘㄠˋ 乳ㄌㄧㄛˋ 呆ㄅㄞ。

憨ㄎㄚㄇ → ㄏㄚㄇ → ㄏㄢ

第十五章
古音聲調中的第二聲與第六聲探討

上古有平上去入四個聲調，平上相近，去入相近，故平上常通押，去入常通押。

中古平上去入分清濁，或曰上下、或曰陰陽。在上平、上上、上去、上入、下平、下上、下去、下入八聲中，上上今與下上唸法相同，而成了七聲。那消失的第六聲，去了那兒？

我們先討論中古音上聲的唸法，今已接近現代漢音的第四聲（去聲），往上揚的尾音縮短或消失了。在余著漢音注音符號系統閩南語篇中，論漢音八聲注法，第二聲（上上），由於清尾音逐漸縮短或消失。第六聲（下上），由於次濁尾音逐漸縮短或消失。

消失的第六聲與尾音縮短或消失有關。大部分歸入第二聲，清音化，少部分轉入第七聲，尾音拉平或微下降。

在八世紀以前，濁上就已歸去。唐‧韓愈〈諱辯〉中有杜、度同音的記載：

> 杜（徒古切、上聲），唸ㄉㄨ第七聲去聲，今音ㄉㄨ去聲。
>
> 度（徒故切、上聲），唸ㄉㄨ第七聲去聲，今音ㄉㄨ去聲。

故字，中古音有去聲唸法ㄈㄨ

呂（力舉切、上聲），唸：ㄌㄨ或ㄌㄩ第七聲去聲，今音ㄌㄩ上聲。

杜、度為全濁上，轉入第七聲，呂為次濁上，中古轉第七聲，今音又入上聲。（ㄌ邊聲，屬次濁，韻母受聲母影響）。全濁上，如父、杜、件、造、幸等，皆轉入第七聲去聲。而全濁上歸去，至元代周德清〈中原音韻〉已全面出現。

從聲韻學所論述的，中古音轉入現代漢音的變化，亦可窺見一、二。

如下圖：

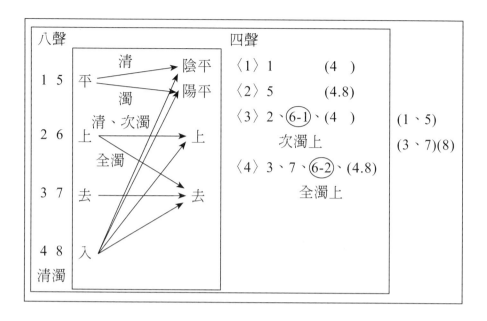

註：㈠最內圈，平聲在北宋時期已分化成陰平、陽平。即
　　八聲中的第一聲、第五聲，相對於現代漢音的第一
　　聲、第二聲。

㈡清上爲原第二聲，次濁上爲原第六聲，皆歸屬現代
　漢音第三聲（上聲）。

㈢全濁上爲原第六聲，轉入現代漢音第四聲（去聲）。

㈣至於八聲中的第三、七聲去聲，即對應現代漢音的
　第四聲（去聲）。

㈤ 上入（清入）第四聲，轉入現代漢音一、二、三、四聲中。
　 下入（濁入）第八聲，轉入現代漢音二、四聲中。

㈥最外圈，據余研究、統計，中古第一、五聲（平
　聲），第三、七聲（去聲），第八聲（入聲）皆有
　部分聲調轉入現代漢音的第三聲（上聲）中，亦即
　除全濁上外，現代漢音第三聲（上聲），是含蓋中
　古音所有聲調的轉入。

以中古音第六聲上聲而言，我們也可以做一個簡圖：

中古音第六聲 {

次濁上 ∨ →╲尾音縮短→╲尾音消失（轉第二聲上聲）→轉入現代音第三聲上聲。

全濁上 ∨ →Ｌ尾音拉平→ㄱ尾音微下降（轉第七聲去聲）→轉入現代音第四聲去聲。

現代漢音還殘留有古代漢音的入聲，即中古音第四聲上入，今日輕聲（或曰現代漢音第五聲）。其餘聲調的轉入，請參閱余著漢音注音符號系統‧閩南語篇（P.9-10）。

中古漢音上聲聲調的殘留，在今鹿港腔中亦有之。

如：

食ㄐㄚ。 飽ㄅㄚˋ 未ㆠㄨㆤˋ（ㆠㄨㆤˋ）

（ㄅㄚˋ）

你ㄌㄧˋ 要ㆠㄨㆤ。 去ㄎㄧˋ 底ㄉㄜˋ 位ㄨㄧˋ

（ㄉㄜˋ）

註：底ㄉㄜˋ（ㄉㄜˋ）→ ㄉㄜˋ → ㄉㄜˋ 上聲

佗ㄉㄜ（ㄉㄜˋ）平聲字

中古

附論：

　　從六個可互轉的元音ㄚ、ㄝ、ㆤ、一、ㆦ、ㄨ，在上古、中古上聲中，發現一個很有規律的組合。如下表：

註：㈠上表中，ㄚˋ、ㄝˋ全屬漳州音，皆為上古音。

　　㈡ㆤˋ、一ˋ、ㆦˋ全屬中古音。

　　㈢ㄨˋ全屬泉州音，應屬上古音，或介於上古音與中古音之間。台灣漢詩界多數以中古音來作詩、吟唱。

下面我們以六個元音上聲，做一個簡表以供參考：

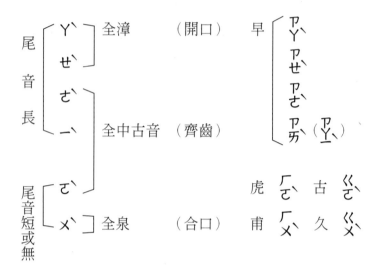

第十六章
上古聲母中的「喻三古歸匣」

　　上古聲母有一些基本條例，諸如：古無輕唇音、古無舌上音、照系三等字古讀舌頭、照系二等字（莊系）古讀齒頭音、娘日歸泥、喻三古歸匣、喻四古歸定、邪紐古歸定、審紐古歸舌頭、禪母古音近定母等。

　　今就「喻三古歸匣」特別提出來討論。這個條例是曾運乾所提出，並舉出四十多條證據，說明上古聲母喻三（或稱爲母、云母、于母）和匣母本屬一個聲母。今錄三例如下：

　　㈠〈堯典〉：「靜言庸違（喻三）」，〈左‧文十八〉引作

　　　　「靖譖庸回（匣母）」ㄨㄟˊ←ㄏㄨㄟˊ

　　㈡〈說文〉：沄（喻三），轉流也，讀若混（匣母）

　　　　　　　　　　　　　　　　ㄩㄣˊ←ㄏㄨㄣˋ

㊂〈禮記‧檀弓〉：「或（匣母）敢有他志」，〈晉
　　語〉作又（喻三）　　㐄（㐄）→㐅

又如羅常培〈經典釋文〉的反切，喻三和匣母的密切
關係可說明：

如：㊀「滑」字　有「胡八切」、「于八切」二讀。
　　㊁「皇」字　有「于光切」、「胡光切」二讀。
　　㊂「鴞」字　有「于驕切」、「戶驕切」二讀。

下面我們來試讀北周庚信的一首雙聲詩：

形㐄駭㐄遠㐄學㐄宦㐄，狹㐅巷㐄幸㐄爲㐄閑㐄。

虹㐄迴㐄或㐄有㐄雨㐄，雲㐄合㐅又㐄含㐅寒㐄。

乍看之下，所有字的聲母皆為厂，詩裏包含了喻三和
匣母的字，當時必讀相同的聲母，這樣試讀起來，就覺得
有趣。

接下來，我們以「喻三古歸匣」五個字來注音：

現代漢音：喻ㄩ三ㄙ古ㄍ歸ㄍ匣ㄒ

中古漢音：喻ㄧ三ㄙ古ㄍ歸ㄍ匣ㄚ

上古漢音：喻ㄧ三ㄙ古ㄍ歸ㄍ匣ㄫ

上古讀音「匣」字，在韻書及字典中所出現的反切，
有聲隨韻ｍ，中古時期消失了。在此，它並無聲母，但以
喻三古歸匣的條例，在ㄫ之前，應唸作ㄍ。

又濁塞音ㄍ，分送氣的 g' 及不送氣的 g，不送氣的濁

塞音 g，演變成匣母與喻三，成爲濁擦音。表示匣母與喻三，在上古時期是塞音，那更有趣，既在ㄏ之前，應唸作ㄤ。

　　ㄤ→ㄏ這屬聲母的弱化現象。所以「匣」字的注音，就如下所述：

```
                    上古音              中古音   現代音
          ┌─────────────────┐
    匣   ㄤ   →   ㄏ   →   ㄤ   →   ㄏ   →   ㄒ
         ㄚ       ㄚ       ㄚ       ㄚ       ㄧ
         ㄇ       ㄇ       ㄇ
        濁塞      濁擦    聲母消失
       （弱化現象）
```

　　了解以上所述，我們再以匣母、喻三在舌根音及喉音所站的位置來對照一下其唸法。

《	k → 見	ㄐ
ㄎ	k' → 溪	ㄑ、ㄒ
送氣　ㄤ→《	g' → 群	舌根濁塞　ㄑ
不送氣　ㄤ→ㄏ	g(ɣ) → 匣、喻三	舌根濁擦　ㄒ、∅
ㄤ	ŋ(gⁿ) → 疑	∅
ㄏ	x → 曉	ㄒ
∅	ʔ → 影	∅

註：㈠舌根音ㄍ、ㄎ、ㄨ、ㄤ、ㄏ，現代聲母中，ㄨ、ㄤ已
　　消失。

㈡ㄍ、ㄎ、ㄨ、ㄏ轉成ㄐ、ㄑ、ㄒ，屬顎化作用，在前
　　述中稱爲聲母對轉。

㈢在「匣母」之聲母由ㄨ→ㄏ→ㄒ，我們就很容易了解
　　它古今聲母的變化。

㈣◌（ʔ）表示零聲母。

第十七章
閩南語八聲聲調變化規則

　　聲調的變化，即本音與語音之間的聲調變化，詞句的最後一字唸本音，前一字則須變調，有些特殊或習慣性用法除外，另如停頓字詞與語尾音變調等亦是。

甲、上平聲與去聲、上聲的變化規則：

　　　$1 \rightarrow 7 \rightarrow 3 \rightarrow 2(6) \rightarrow 1$

乙、下平聲的變化規則：

　　　7（南）$\leftarrow 5 \rightarrow 3$（北）

丙、入聲的變化規則：

　　　　㈠ $4 <=> 8$

　　　　㈡ $4 \rightarrow 2$
　　　　㈢ $8 \rightarrow 3$

　　在入聲的變化規則中，㈡、㈢值得提出來討論。

（二）4 → 2　　第二聲上聲

應改爲

$\begin{cases} 4 \rightarrow 8 \ - & \text{第八聲入聲，尾音拉平} \\ 4 \rightarrow 8 \ \searrow & \text{或第八聲入聲，尾音微下降} \end{cases}$

（三）8 → 3　　第三聲去聲

應改爲

$\begin{cases} 8 \rightarrow 4 \ - & \text{第四聲入聲，尾音拉平} \\ 8 \rightarrow 4 \ \searrow & \text{或第四聲入聲，尾音微下降} \end{cases}$

第十八章
倒反詞

　　古今語詞的顛倒用法繁多，詞態不一而足，固不做深入分析，舉下面數十例，以供參考，並注上古音與今音的唸法，以茲對照。

(1)　蝕月。（ㄒㄧㄣ。）　月蝕。　　月蝕　　蝕ㄕ

(2)　蝕日。（ㄒㄧㄣ。）　日蝕。　　日蝕　　蝕ㄕ

(3)　大頭　　　頭大

(4)　崩山　　　山崩

(5)　軟心　　　心軟

(6)　心內　　　內心

(7)　風颱　　　颱風

(8)　人客　　　客人

(9)　頭前　　　前頭

(10)　狗母　　　母狗

(11)　狗公　　　公狗

(12) 薑　　　母　　　母　　　薑

(13) 雞　　　母　　　母　　　雞

(14) 雞　　　鵤　　　公　　　雞
　　　　　　（公）

(15) 牛　　　母　　　母　　　牛

(16) 牛　　　牨　　　公　　　牛
　　　　　　（公）

(17) 豬　　　母　　　母　　　豬

(18) 豬　　　哥　　　公　　　豬
　　　　　　（公）

(19) 子　　　兒　　　兒　　　子

(20) 寸　　　尺　　　尺　　　寸

(21) 腳　　　手　　　手　　　腳

(22) 咒　　　詛　　　詛　　　咒

(23) 韆　　　鞦　　　鞦　　　韆

(24) 匐　　　匍　　　匍　　　匐

(25) 上　　　北　　　北　　　上

(26) 落　　　南　　　南　　　下
　　　　　　（下）

(27) 嚨　　　喉　　　喉　　　嚨

(28)	撈	摯	琵	鷺
	（鷺）	（琵）		
(29)	氣	力	力	氣
(30)	嚇（嚇）	驚	驚	嚇
(31)	鬧（鬧）	熱	熱	鬧
(32)	歡	喜	喜	歡
(33)	言	語	語	言
(34)	久	長	長	久
(35)	侵	入	入	侵
(36)	利	便	便	利
(37)	運	命	命	運
(38)	慢	且	且	慢
(39)	謎	猜	猜	謎
(40)	加	添	添	加
(41)	冒	仿	仿	冒
(42)	進	前	前	進
(43)	退	後	後	退
(44)	下	底	底	下
(45)	流	水	水	流
(46)	臭	酸	酸	臭

第十九章
有趣的對稱字詞與堆疊字詞

㈠民間流傳的對稱字詞與堆疊字詞：讀音與本音有些出入，提供於下，以做參考。

(1) ㇒ㄠˇ ㇏ㄞˇ　　撇捺也，一曰：ㄠˇㄞ˙　今音：ㄆㄝ ㄋㄚˋ

(2) 月ㄧ˙ 月ㄨㄞ˙　　門聲也，一曰：ㄧㄞ ㄨㄞˇ

(3) 氵ㄑㄣˇ ㇏ㄎㄨㄣˋ　水聲也，一曰：ㄑㄣˇ ㄎㄨㄣˋ

(4) 彳ㄔˋ(ㄋˇ) 亍ㄔㄨˋ　┌ 小步也，中古音：ㄔˋ ㄔㄨˋ　今音：彳ㄔㄨˋ

　　　　　　　　　├ 迌迡也，一曰：ㄒㄧ ㄔㄨˊ

　　　　　　　　　└ 廼廼也。

(5) 乒ㄆㄣ 乓ㄆㄤ　　語音：ㄆㄣ ㄆㄤ　　　今音：ㄆㄣ ㄆㄤ

(6) 閃ㄒㄧˋ 爛ㄌㄢˋ(ㄌㄢˋ) 也，　今音：ㄕㄨㄛ ㄌㄢˋ
　　　　　　閃電也。

(7) 从ㄐㄩㄥˊ 众ㄐㄩㄥˋ　从，從也。众，眾也。
　　　　　　聲雜也。一曰：ㄑㄧ ㄘㄨˊ

(8) 春春　春春　生機蓬勃貌　曰：ㄔㄨㄣ ㄔㄨㄣˊ　註：①ㄨ 古無此韻。
　　　　　　　　　　　　　　　　　　　　　　②春春 ㄖㄨㄣˊ → ㄖㄨㄣˊ

(9) 花花　花花　花爭開貌　曰：ㄏㄨㄚ· ㄏㄨㄚˊ

(10) 鳥鳥　鳥鳥　鳥爭飛貌　曰：ㄋㄧㄠ· ㄋㄧㄠˊ　註：鳥鳥ㄠ，鳥名也

(11) 客客　客客　眾聲也

　　　　　　　　吵雜聲也　曰：ㄎㄜ ㄎㄜˊ

　　　　　　　　　　　　　　或

　　　　　　　　　　　　　　ㄏㄜ ㄏㄜˊ

(12) 雨雨　雨雨　雨聲也　曰：ㄩ ㄩㄝˊ

(13) 馬馬　馬馬　馬蹄聲也　曰：ㄇㄚ· ㄇㄚˊ　註：馬馬ㄅㄨ，眾馬走貌。今音ㄅㄠ

(14) 雷雷　雷雷　雷聲也　曰：ㄌㄟ ㄌㄟˊ　註：①雷雷ㄅㄛ，雷聲也。今音ㄅㄛ
　　　　　　　　　　　　　　　　　　　　　　②雷雷ㄅㄛ（ㄅㄛ），雷聲也。今音ㄆㄛ

(二) 附堆疊字：以三或四字之堆疊字舉例

(1) 厽　［ㄌㄨㄟˇ　全絫，十絫為厽　今音：ㄌㄟˇ
　　　　 ㄙㄢ（ㄙㄚ）　全參，三字大寫　今音：ㄙㄢ（破音字）

(2) 晶　ㄐㄧㄥ　明也，顯也　今音：ㄐㄧㄥ（ㄐㄧㄥ）

(3) 劦　ㄏㄧㄝ　同力合作也　今音：ㄒㄧㄝ

(4) 歰　ㄒㄚˋ　仝澀　今音：ㄙㄜˋ

(5) 尛　ㄇㄛˊ　仝麼，細小也　今音：ㄇㄛˊ

(6) 猋　ㄖㄨˋ　焱木，東方之神木也　今音：ㄖㄨˋ

(7) 瞐　ㄇㄤˊ（ㄇㄤ）　目深也　今音：ㄇㄠ

(8) 孖　ㄉㄝˊ（ㄉㄟ）　姓也　今音：ㄉㄟ

(9) 壵　ㄗㄤˋ　仝壯　今音：ㄓㄨㄤ

(10) 譶　ㄨㄟ　仝話　今音：ㄏㄨㄚ

(11) 姦　ㄐㄩㄢ　①邪淫也②私詐也　今音：ㄐㄩㄢ

(12) 品　ㄆㄣ　物之法也　今音：ㄆㄧㄣ

(13) 晶　ㄐㄧㄥ　①光輝②水晶也　今音：ㄐㄧㄥ

(14) 猋　ㄅㄠ　①大風也②犬急走也　今音：ㄅㄧㄠ

(15) 惢　ㄙㄜ　心疑也　今音：ㄙㄨㄛˇ

(16) 毳　ㄘㄨˋ　獸毛褥細也　今音：ㄘㄨˋ

(17) 孨　ㄐㄩㄢˇ（ㄓㄨㄢ）　懦弱也　今音：ㄓㄨㄢ

(18) 卉　ㄏㄨㄟ　百草之總稱　今音：ㄏㄨㄟ

(19) 垚　ㄧㄠˊ（ㄗㄠ）　仝堯　今音：ㄧㄠˊ

(20) 焱　ㄧㄢ　仝焰　今音：ㄧㄢ（ㄧㄢˋ）

(21) 淼　ㄇㄠˇ　　　　大水也　　　　今音：ㄇㄠˇ

(22) 森　ㄒㄧㄥ(ㄙㄣ)　眾木也　　　　今音：ㄙㄣ

(23) 鑫　ㄏㄧㄥ(ㄏㄧㄣ)　①人名②義闕　今音：ㄒㄧㄥ(ㄒㄧㄣ)

(24) 鑾　ㄅㄛ　　　　　寶玉、也，二音　今音：ㄅㄠ
　　　ㄆㄥˊ(ㄆㄥˊ)　　　　　　　　　　　　ㄩ

(25) 犇　ㄆㄨㄣ　　　　仝奔，疾走也　　今音：ㄅㄣ

(26) 猋　ㄆㄨㄣ　　　　奔古字　　　　　今音：ㄅㄣ

(27) 磊　ㄌㄨㄟ　　　　眾石也　　　　　今音：ㄌㄟˇ

(28) 畾　ㄌㄨㄟ　　　　田間也　　　　　今音：ㄌㄟˊ

(29) 蟲　ㄊㄨㄥ(ㄊㄨㄥ)　①裸毛羽鱗介之總名，即動物之總名也。②有足謂之蟲也，人稱裸蟲。　今音：ㄔㄨㄥˊ

(30) 嚞　ㄅㄢˋ　　　　仝喆、哲，明也、智也　今音：ㄓㄜˊ

(31) 羴　ㄒㄢ　　　　　羊臭味也　　　　今音：ㄕㄢ

(32) 聶　ㄌㄚˋ　　　　①姓也②附耳小語也　今音：ㄋㄧㄝˋ

(33) 鱻　ㄒㄢˊ　全鮮　今音：ㄒㄢ

(34) 鱻鱻　ㄜㄚˋ　魚盛也　今音：一ㄝˊ／ㄩ／ㄨˊ

　　　註：鱻　ㄜㄢˊ　二魚也　　　ㄩˊ

　　　　　　　ㄜㄛˊ　魚之大也　　ㄨˋ

(35) 雧　ㄐㄧˊ　全集　今音：ㄐㄧ

(36) 雔雔　ㄐㄧˊ　全集　今音：ㄐㄧ

(37) 雥　ㄗㄚˊ　群鳥也　今音：ㄗㄚ

(38) 矗　ㄔㄨˋ　直也，高聳也　今音：ㄔㄨ

(39) 贔　ㄅㄣ　壯力貌　今音：ㄅㄣ

(40) 頁頁　ㄅㄣ　眉也　今音：ㄅㄣ

(41) 譶　ㄉㄚˊ　①疾言也②語不止也　今音：ㄊㄚˋ

(42) 轟　ㄛ（ㄨㄥ）　群車並行聲　今音：ㄏㄨㄥ

(43) 靣靣　ㄏㄨㄟˊ　面肥也　今音：ㄏㄨㄟ

(44) 飍　ㄏㄨ　驚風也　今音：ㄒㄧㄡ

(45) 風風　ㄆㄡ　始風也　今音：ㄆㄠ

(46) 飝　ㄏㄨ　飛也　今音：ㄈㄟ

(47) 雲雲　ㄅㄨ　雲貌　今音：ㄅㄨㄣ

(48) 靄　ㄌㄨˇ　雲廣也　今音：ㄋㄨㄥ

(49) 香香香　ㄏㄡ　　香氣也　　　　今音：ㄒㄧㄣ

(50) 秦秦秦　ㄍㄡˊ　　國古字　　　　今音：ㄍㄨㄛˊ

(51) 麤　ㄘㄛ　　　仝粗　　　　　　今音：ㄘㄨ

(52) 泉泉泉　ㄙㄡˋ　　三泉也　　　　今音：ㄒㄩㄣˊ

(53) 龍龍龍　ㄅㄧㄥ。（ㄇㄠ）　①龍行也　　今音：ㄊㄚˊ（ㄅㄚˊ）

　　　　　　　　　　　②飛龍之貌

附：有趣的合體字

(1)　𣎴ㄊㄧㄠ　日日有見財　→　挑ㄊㄧㄠ　挑進

(2)　進寶招ㄇㄠˋ　招財進寶　→　貿ㄇㄠˋ　招進工事曰貿，
　　　　　　　　　　　　　　　　　　　　　　指進財也。

(3)　逼ㄅㄧㄠˇ　日進斗金　→　長ㄅㄧㄠˇ　長ㄅㄧㄠˇ著ㄅㄧㄠˇ
　　　　　　　　　　　　　　　　　　　　　　長，多也

(4)　黃金兩ㄆㄨˇ　黃金萬兩　→　富ㄆㄨˇ　富有也

(5)　孿ㄏㄠˇ　學好孔孟　→　巧ㄏㄠˇ　聰明也
　　　　　　　　　　　　　　　　　　　　　　有智慧也

(6)　山珍味海ㄒㄣˋ　山珍海味　→　哦ㄒㄣˋ　口吸也
　　　　　　　　　　　　　　　　　　　　　　美味好食也

第二十章
結　語

　　本古今漢語研究‧河洛篇，以聲韻學為中心，配合文字、訓詁貫穿其中，是以聲韻為基礎來做形音義的探討。

　　只重聲韻，但音合義不合，或只重訓詁，但義合音不合，或造新字者，皆以為不妥，以文字音義相合者為要。

　　上古音破音字（一字多音，義不相同），中古音破音字，以及現代漢音破音字繁多，皆有其相對的傳承。但時至今日，包含廣播界、媒體影音的製作等，唸錯音卻非常普遍，值得吾人深思。

　　為求正音，並了解語言的融合及演化規律，故以聲韻為主，作古今漢語傳承的探討。

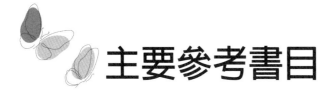

主要參考書目

1. 增註彙集雅俗通十五音　　　顏錦華
2. 增補彙音寶鑑　　　　　　　沈富進
3. 新校正切宋本廣韻　　　　　黎明書局
4. 康熙字典　　　　　　　　　啓業書局
5. 國語辭典　　　　　　　　　臺灣商務印書館
6. 台語正字　　　　　　　　　吳守禮
7. 閩南語的古典與古老　　　　陳冠學
8. 注音符號系統──閩南語篇　　鄭煌榮
9. 古音學入門　　　　　　　　林慶勳、竺家寧
10.閩南語聲韻學　　　　　　　林正三

國家圖書館出版品預行編目(CIP)資料

古韻今聲——古今漢語研究·河洛篇／鄭煌榮
著. -- 初版. -- 臺北市：五南圖書出版股
份有限公司, 2024.12
面；　公分
ISBN 978-626-393-906-6(平裝)

1.CST：閩南語　2.CST：漢語方言
3.CST：漢語　　4.CST：聲韻學

802.5232　　　　　　　　113016763

4X41

古韻今聲
——古今漢語研究·河洛篇

作　　者— 鄭煌榮

編輯主編— 黃文瓊

責任編輯— 吳雨潔

封面設計— 封怡彤

出 版 者— 五南圖書出版股份有限公司

發 行 人— 楊榮川

總 經 理— 楊士清

總 編 輯— 楊秀麗

地　　址：106台北市大安區和平東路二段339號4樓

電　　話：(02)2705-5066　傳　　真：(02)2706-6100

網　　址：https://www.wunan.com.tw

電子郵件：wunan@wunan.com.tw

劃撥帳號：01068953

戶　　名：五南圖書出版股份有限公司

法律顧問　林勝安律師

出版日期　2024年12月初版一刷

定　　價　新臺幣350元